HISTOIRE D'AMOUR
RACONTÉE AVANT L'AUBE

Collection *l'Aube poche*

ISBN 2-87678-224-3

Duong Thu Huong

Histoire d'amour
racontée avant l'aube

Roman traduit du vietnamien
et postfacé par Kim Lefèvre

Préface de Bach Thai Quoc

éditions de l'aube

Duong Thu Huong ou la révolte nue

Comment expliquer le succès de Duong Thu Huong auprès du public vietnamien ? Comment cette jeune femme a su incarner l'une des figures centrales de l'espérance vietnamienne ? Il y a à cela, d'un côté, le talent de l'écrivain, de l'autre, le courage de l'intellectuelle engagée.

Née en 1947 dans le Viêt-nam du Nord, Duong Thu Huong a été dans son enfance le témoin des atrocités de la réforme agraire vietnamienne des années 1955-56. Leur souvenir ne s'effacera jamais de sa mémoire. Il est devenu l'humus d'où ont germé les premières insatisfactions. En 1967, à vingt ans, Duong Thu Huong est partie pour le front de Binh Tri Thien, une des régions les plus bombardées d'alors. Elle allait y rester une dizaine d'années, jusqu'à la fin de la guerre, en qualité de combattante des groupes «Chanter plus fort que les bombes» dont la tâche consistait à mobiliser l'opinion tout en évacuant en toute hâte morts et blessés, victimes des bombardements. Dans les labyrinthes creusés dans les entrailles de la terre et les abris de fortune, elle s'est mariée et a mis au monde deux enfants. C'est là qu'elle a commencé à écrire des poèmes qui chantaient la Révolution et l'espérance de liberté. C'est là aussi, probablement, qu'elle fut admise dans les rangs du parti communiste vietnamien. Après la guerre, revenue à Hanôi, elle s'est consacrée depuis à une double tâche de scénariste et d'écrivain. Auteur d'une quarantaine de nouvelles, son

*oeuvre était marquée alors par une recherche d'identité, un
désir d'authenticité qui tranchaient sur la production litté-
raire socialiste de l'époque.*

*Fin 1987, Duong Thu Huong fait sa première apparition
publique remarquée en prenant la défense des intellectuels face
aux manoeuvres d'intimidation du pouvoir. Cette déclara-
tion, par son franc-parler courageux, révèle en même temps
un redoutable talent d'orateur. Début 1988, c'est le succès de
son premier roman,* De l'autre côté de l'illusion. *En même
temps, Duong Thu Huong multiplie les articles de presse et
conférences pour demander l'abolition de la dictature du pro-
létariat et davantage de démocratie pour le Viêt-nam.*

*Entre 1987 et 1989, succès littéraires (*Vies égarées, Les
paradis aveugles*) et réflexions politiques ne cessent d'alter-
ner, de se compléter, de se nourrir les uns les autres, jusqu'à
son exclusion du parti communiste en juillet 1990. Depuis, de
toute évidence, elle n'a ni le droit d'être publiée, ni celui d'être
entendue.*

*Ce qui subjugue chez Duong Thu Huong et force l'admira-
tion, c'est son accent de sincérité qui ne trompe pas, allié à une
incroyable témérité. Au pays des doubles langages et des non-
dits, Duong Thu Huong dresse un implacable inventaire des
tares du système avec l'art de dire la réalité au premier degré,
d'où l'impact de ses attaques sur un très large public frustré
depuis de longues décennies du plaisir d'appeler un chat un
chat. A la différence des théoriciens et des intellectuels qui
savent pousser des pions contre les maillons les plus faibles du
système, Duong Thu Huong attaque de front, et de préférence
en public. A l'inverse de ceux qui croient encore à l'efficacité
d'une action en coulisses, Duong Thu Huong ne dialogue
qu'avec l'opinion tout entière et jamais avec les émissaires du
pouvoir. C'est dire en quel mépris elle les tient.*

C'est pourquoi le peuple considère que personne n'est allé aussi loin que Duong Thu Huong dans la contestation du systèm. et des hommes au pouvoir. Sans le revendiquer, elle est devenue l'animatrice de la révolte. Avec une — fausse — naïveté désarmante, elle affirme ne vouloir faire que son devoir civique. Or, passent encore les romans et les poèmes, mais ses conférences en public, ses interviews où elle prend à témoin tout le peuple ! Passent encore ses prises de position sur l'absolue nécessité de «déstaliniser», de «démaoïser» le parti communiste, mais de là à tourner en dérision le bureau politique du parti en public, défier le pouvoir de la traîner en justice et tourner l'autocritique imposée en pamphlet incendiaire contre l'appareil du régime !*

En fait, aux yeux des caciques, ce qui est impardonnable, c'est la popularité dont jouit Duong Thu Huong en tant que nationaliste enragée parce que communiste repentie. «Je n'ai commis qu'un seul crime : celui d'avoir été crédule», tel est le libellé de l'autocritique qu'elle a rendue publique. Sa révolte nue est une intolérable atteinte à la paralysie politique des dirigeants. Elle les humilie et elle leur fait peur. Pour eux, Duong Thu Huong est celle par qui le scandale arrive, celle qui risque de donner le mauvais exemple à la base du parti. Mais pour le public, la révolte de Duong Thu Huong n'est autre que la revanche des humiliés.

Aujourd'hui, en attente du prochain challenger qui puisse analyser le système et canaliser la pensée politique, Duong Thu Huong est perçue par des millions de Vietnamiens comme une sorte de «passionaria», digne descendante des combattantes illustres du passé mythique vietnamien : les soeurs Trung, la générale Trieu.

Paris, avril 1991
Bach Thai Quoc

Il y a vingt-cinq ans, par un soir d'automne de l'année 1958, le commandant de division Vu Sinh pria sa femme de l'accompagner dans la chambre conjugale pour un entretien privé. Sa femme Luu, cadre politique de district, ne put dissimuler sa surprise. Il n'est pas courant qu'un mari fasse une telle demande à son épouse.

— Luu, j'aimerais te parler. Entre, s'il te plaît.

Cela dit, il se tint cérémonieusement devant la porte en attendant qu'elle eût terminé de se rincer les mains encore mousseuses de savon. Lorsqu'elle eut fini, tous deux pénétrèrent dans la chambre. C'était l'une des cinq pièces de la maison qui appartenait aux parents du commandant de division Vu Sinh. En tant que fils unique, il était naturellement l'héritier de cette grande bâtisse au toit de tuiles épaisses, à la véranda spacieuse et à la cour bordée de massifs fleuris. Les deux pièces donnant sur la rue formaient deux chambres séparées par un muret, chacune communiquant avec les trois autres. Elles étaient munies de deux fenêtres : l'une s'ouvrant sur la cour d'entrée, l'autre regardant le jardin situé derrière, là où des artabotrys grimpaient le long d'un arbre et répandaient un léger parfum en toute saison. L'une de ces deux chambres était attribuée au couple Vu. Ils s'étaient mariés en 1949 et leurs noces avaient été organisées par le groupe des Jeunes sauveurs de la patrie. A cette époque, ils étaient tous les deux cadres politiques de section.

Le commandant de division Vu Sinh repoussa le tas de couvertures et d'oreillers sur le côté :

— Assieds-toi là, je te prie.

Il dégrafa sa ceinture où pendait un pistolet, la suspendit au mur et s'assit à l'autre extrémité du lit.

— Il y a longtemps que je voulais te parler...

La femme regarda son mari : dans les yeux de l'homme il n'y avait ni joie ni tristesse. Rien que cet air sombre et muet qu'elle lui avait toujours connu. Vu Sinh alla dans la pièce où se trouvait l'autel des ancêtres, prit des tasses, une boîte de thé et un thermos d'eau chaude qu'il disposa sur un plateau et qu'il porta dans la chambre. Il fit du thé, attendit que ce dernier infuse, servit une tasse à chacun avant de continuer :

— Que penses-tu de notre vie de couple ?

Luu ne comprenait pas ce que voulait dire son mari. Elle dit :

— Qu'est-ce que tu veux dire ?

Vu Sinh répéta :

— Penses-tu que nous sommes véritablement mari et femme ?

La femme ouvrit de grands yeux étonnés. Elle crut que son mari était devenu fou, atteint de maladie mentale, comme on dit communément. Ou qu'il avait de la fièvre et qu'il racontait n'importe quoi. Elle s'approcha et esquissa le geste de lui toucher le front. Mais Vu Sinh l'arrêta en souriant :

— Rassure-toi, Luu, je suis en parfaite santé. Crois-tu qu'on m'aurait confié l'entraînement des sous-officiers depuis six mois si j'avais été malade ? Je désire te parler. Sérieusement et franchement.

Il plongea son regard dans le sien. Il avait un regard intelligent, posé. Ses yeux n'étaient pas ceux d'un psychopathe, encore moins ceux d'un homme en proie au délire. Luu s'assit timidement au bord du lit, un peu recroquevillée sur elle-même.

Le commandant de division Vu poursuivit d'une voix douce :

— Luu, tu n'es pas sans remarquer qu'entre nous, depuis longtemps déjà...

La femme rougit jusqu'aux yeux. Et tandis qu'elle continuait à rougir, la honte qu'elle avait cachée et enfouie au plus intime d'elle-même se transforma soudain en une sourde fureur. Elle posa sur son mari un regard flamboyant puis se détourna.

Voilà plus de six mois qu'il ne l'avait pas même touchée. Quant à l'amour, n'en parlons pas. Autrefois, quant son unité tenait garnison à douze kilomètres de là, il rentrait régulièrement toutes les deux semaines parce que ce n'était pas très loin de la maison. A ces occasions, s'il n'était sollicité ni par le Têt, ni par un anniversaire de décès ; s'il n'avait aucun ami ou parent à voir et si de son côté, elle y était disposée elle aussi, alors il la prenait à la va-vite juste la veille de son départ... Mais depuis six mois, son mari semblait réserver exclusivement ses baisers et ses caresses à leurs deux enfants et consacrait ses journées de permission à de longues promenades à vélo. Il revenait de ces expéditions tard dans la nuit. Luu guettait son retour en serrant sa petite fille dans ses bras. Elle faisait semblant de dormir dès qu'elle l'entendait rentrer. Son mari fermait

doucement le loquet de la porte, soulevait la moustiquaire avec précaution et se glissait dans le lit. Pour ce
faire, il enjambait adroitement le corps de sa femme en
ayant soin de ne pas la frôler. Il s'installait du côté intérieur, tout contre le mur, et s'endormait aussitôt.
Parfois, il lui arrivait de ne pas trouver le sommeil. Elle
l'entendait pousser de longs soupirs. Une heure plus
tard il ronflait tandis qu'elle continuait à se tourner et à
se retourner sur sa couche jusqu'à la troisième veille.[1]

Au tout début, elle avait cru qu'il était épuisé soit par
les journées d'entraînement au champ de manoeuvre,
soit par les longues soirées passées à boire en compa-
gnie de quelque oncle de la famille, devoirs auxquels il
lui était impossible de se soustraire. Plus tard, elle
l'avait soupçonné d'aimer une autre femme ou, pire
encore, une adolescente jeune et appétissante rencontrée là où se trouvait sa garnison. La jalousie
s'enflamma en elle de manière aussi fulgurante qu'un
incendie. Mais comme elle était cadre politique de
l'Union des femmes du district — c'est-à-dire de ces
femmes qui se devaient de rester calmes, mesurées,
simples et toujours prêtes au sacrifice —, elle n'avait
pas osé se conduire de façon déraisonnable ou brutale.
Elle décida d'en parler à Hông Tham, une amie qu'elle
connaissait depuis l'enfance et qui était, de surcroît,
présidente de l'Union des femmes. Dès qu'elle fut au
courant de l'histoire, Hông Tham convoqua les cadres
politiques féminins du village, les mettant au courant
du problème de Luu et leur enjoignant d'ouvrir une
enquête afin de protéger le bonheur de son amie.

---

1. Une nuit comporte cinq veilles.

14

Mais bien que les cadres politiques de l'Union des femmes eussent jeté sur le secteur où travaillait Vu Sinh un filet aux mailles serrées, bien qu'elles eussent vérifié consciencieusement et dans les moindres détails tout élément suspect, elles n'aboutirent à aucun résultat. Nulle demoiselle jeune et appétissante ne se trouvait avec Vu Sinh. Il était parfaitement innocent. Malgré ses tourments, Luu n'avait rien d'autre à faire qu'attendre. Elle avait beau retourner le problème dans tous les sens, elle ne parvenait pas à savoir si l'indifférence de son mari était due à l'amour qu'il éprouvait pour une autre femme ou tout simplement à la rancune silencieuse qu'il lui portait et qui n'arrivait pas à s'exprimer. A plusieurs reprises elle lui avait demandé :

— Ai-je eu des torts envers toi ?

Mais il s'était contenté de secouer la tête :

— Non.

Le coeur rempli d'humiliation, elle s'était tue, incapable d'ajouter quoi que ce soit. Et ils avaient continué à mener cette drôle de vie jusqu'à ce jour.

Le commandant Vu Sinh surprit un éclat de haine dans les yeux de sa femme. Il saisit la main de Luu :

— Ne m'en veux pas... Je sais que tu souffres. Mais je ne puis...

Le mari se tut, hésita quelques instants avant de poursuivre :

— Je ne puis continuer ainsi... Pourquoi ? Je ne le sais pas... Sans doute parce que nous ne nous aimons pas d'amour...

Il baissa la tête. Ses cheveux se répandaient sur son front. Des cheveux drus comme les racines du bambou, bouclés naturellement. Luu contempla la chevelure à la fois familière et si étrangère de son mari. «Parce que nous ne nous aimons pas d'amour...» Mais qu'est-ce qu'il raconte ?... De quel amour parle-t-il ?...

A l'époque où ils s'étaient connus, comme ils faisaient tous deux partie des responsables d'unités de district, il leur arrivait souvent de se croiser dans diverses réunions. Et puis, une fois, ils s'étaient retrouvés dans le même convoi de travailleurs civiques chargés d'acheminer des vivres vers le front. Un gros orage avait éclaté en route. On avait sorti en hâte des imperméables, on avait tendu des bâches pour protéger les sacs de riz, on avait employé toutes ses forces à pousser les lourdes voitures vers les abris. Tout le monde était trempé jusqu'aux os. Quelqu'un se mit alors à chanter :
«O pluie, tu as beau mouiller nos vestes et pantalons
Jamais tu ne viendras à bout du moral des travailleurs civiques.
O ho... O ho...»
Et tout le groupe répondait en choeur :
«Oh ho...Oh ho...»
La pluie redoublait de force, couvrant les voix, cinglant les corps mais ils continuaient à chanter et à pousser, joyeux comme s'ils se rendaient à la kermesse. Parvenus à l'abri, on alluma des feux pour se réchauffer. Et parmi les jeunes gens espiègles assis autour des flammes, quelqu'un d'autre entonna :
«Prions le ciel que pousse le navet
que fleurisse le flamboyant
et que tu sois enfin à moi»
Luu se trouvait en face de Vu Sinh à ce moment-là.

Sans savoir pourquoi, elle leva les yeux vers lui et vit qu'il la regardait lui aussi. Ils rougirent tous les deux.

Le chanteur, remarquant leur trouble devant les paroles significatives de sa chanson, s'exclama d'un ton joyeux :

— Ha ha... Vous voici pris en flagrant délit ! En flagrant délit. Ha ha...

«Je ne sais ce qui pousse la mandarine vers l'orange

Mais moi c'est la bourrasque qui m'a précipité vers toi...»

Et il continuait à chanter en riant et en battant des mains. Vu Sinh et Luu, toujours rougissants, étaient comme pris dans le tourbillon de ses facéties sans aucune possibilité de s'en échapper.

— Ecoutez camarades... Nous savons maintenant que la petite Luu est tombée amoureuse de Vu Sinh... Il est temps de broder les mouchoirs pour son mariage...

Les jeunes filles qui habitaient le même village que Luu et qui faisaient partie du convoi ce jour-là répandirent la nouvelle partout où elles allaient. Bientôt le district tout entier fut au courant. Naturellement, à la réunion des Jeunesses communistes, l'amour entre Luu et Vu Sinh fut porté à l'ordre du jour. Ils furent convoqués par le camarade responsable.

— Depuis quand êtes-vous amoureux l'un de l'autre sans que personne ne le sache ?

— Cher camarade responsable, je ne savais pas, pas du tout !

La vérité était qu'ils n'avaient aucune idée du moment où ils étaient tombés amoureux l'un de l'autre. Tout ce dont ils se souvenaient, c'était qu'à la suite de ce voyage, leurs joues s'incendiaient à chaque fois qu'ils se rencontraient. Ils éprouvaient à se voir une sorte de gêne mêlée de plaisir, un plaisir inexplicable dû peut-être à leur propre jeunesse et qui faisait que la tête leur tournait un peu comme s'ils avaient goûté pour la première fois à l'alcool de riz.

— Cher camarade responsable, je n'ai pas..., bredouilla à nouveau Vu Sinh.

Il se sentit pris d'angoisse. C'était un sentiment auquel il ne savait pas donner de nom mais qui pesait comme un poids sur son coeur si bien qu'il avait l'air complètement perdu.

Le camarade responsable le considéra d'un oeil affectueux :

— Soyez sans inquiétude, camarade. Bien que la lutte contre l'ennemi demeure notre objectif primordial, l'Organisation a toujours pensé qu'il est de son devoir de se soucier du bonheur de ses membres. L'union fait la force, tout se passera à merveille, croyez-m'en...

Luu ne disait rien. Dans la confusion où elle se trouvait, une chose était certaine : Vu Sinh lui plaisait. Peut-être que tout cela avait commencé dès le premier soir, lorsqu'ils s'étaient retrouvés sous l'abri avec les travailleurs civiques, quand les flammes dansantes du feu de camp avaient allumé les regards et coloré les joues. Ou peut-être parce qu'elle était une jeune fille en âge d'aimer et que lui était un garçon de belle prestance au regard intelligent... Luu ne le connaissait pas vraiment. Elle habitait un village éloigné tandis qu'il vivait au centre du district. Elle savait que le père de Vu Sinh était herboriste et que sa mère s'occupait du potager ou faisait à l'occasion des petits commerces... Leur maison était très belle, bien supérieure à la paillote aux poutres de bambou où demeuraient ses propres parents... Outre ces détails, il lui était aussi étranger qu'un inconnu.

Mais elle ne savait comment s'y prendre pour expliquer ce qu'elle éprouvait au camarade responsable. Ses idées étaient confuses et sans consistance. Ajoutons à cela qu'elle n'avait que dix-huit ans, qu'elle n'avait jamais tenu la main d'un garçon, qu'elle n'avait encore aimé personne, même en cachette. En dehors des missions qu'elle accomplissait pour le compte de l'Union des femmes, sa seule joie était de rendre visite à sa famille, repiquer le riz de temps en temps, porter des patates douces encore brûlantes à ses frères qui gardaient les buffles dans les rizières, épouiller sa mère, lui enlever quelques cheveux blancs... Mais depuis qu'elle s'était retrouvée dans la même expédition que Vu Sinh, un plaisir nouveau était venu s'ajouter aux anciens : celui de le revoir. Plaisir et frayeur. Car Luu le trouvait trop joli garçon, trop riche pour elle. Il connaissait la ville, portait une coupe de cheveux à la mode et savait mieux que quiconque réciter les longs poèmes connus comme *les deux floraisons de l'abricotier* ou encore le *Kiêu*...

— Continuez à bien remplir votre tâche révolutionnaire, camarades, nous nous chargerons du reste. Le cadre responsable termina l'entretien par ces paroles encourageantes puis s'empressa de quitter la pièce afin de laisser aux jeunes gens un moment d'intimité.

— Camarade !...

Vu Sinh courut derrière lui, s'accrocha à son bras. Souriant, le cadre responsable enleva doucement la main de Sinh. A ses yeux ce n'était qu'un geste de diversion, destiné à masquer la gêne toute naturelle qu'éprouvait le jeune amoureux.

Lorsque le responsable fut parti, Vu Sinh retourna dans la pièce. Il était en proie au plus grand désarroi. Assise à la même place, Luu était occupée à tracer des rondelles humides sur le bois de la table. Elle trempait à plusieurs reprises le doigt dans la tasse de thé, traçant un rond après l'autre mais sa main grossière et maladroite n'arrivait jamais à bien les réussir. Elle leva les yeux à la vue de Sinh.

Il dit :

— Qu'en penses-tu, Luu ?

La jeune fille bafouilla :

— Je pense que... c'est pas mal comme ça...

Vu Sinh garda le silence. Alors ce fut elle qui demanda :

— Et toi, qu'en penses-tu ?

Vu Sinh était plongé dans ses pensées. Il releva la tête et la regarda comme s'il sortait d'un rêve. Comme elle, il répondit d'un ton embarrassé :

— Moi ?... Je crois que... tu ne trouves pas que l'Organisation prend très à coeur... Puis il rougit et regarda ses pieds.

Les enfants qui sortaient de l'école à cet instant se poussèrent du coude en les voyant ; ils n'arrêtaient pas de passer et de repasser devant la porte et riaient sous cape comme s'ils se moquaient d'eux. Gênés, les deux jeunes gens sortirent et s'en allèrent chacun de son côté, sans se dire au revoir. Ils laissaient derrière eux quelques tasses de thé refroidi et les traces encore humides de rondelles laissées par Luu. Des dessins tracés d'une main appliquée et qui cependant ne parvenaient pas à former des cercles parfaits...

Neuf années s'étaient écoulées depuis. Le mariage, célébré selon la nouvelle pratique, fut organisé avec enthousiasme par les Jeunesses communistes. Bientôt ils eurent deux enfants : un garçon puis une fille. Deux enfants comme deux cordons qui les attachaient à la cellule familiale. Mais leurs cœurs, eux, étaient semblables à deux chevaux solitaires, chacun trottant dans une direction différente. Et plus ils avançaient plus ils s'éloignaient l'un de l'autre.

Ce fut Vu Sinh qui, le premier, prit conscience de cette situation.

Un an après leur mariage, alors que Luu était enceinte de son premier enfant, Sinh fut envoyé en mission dans le district voisin.

Un soir, comme la nuit tombait avant qu'il pût atteindre l'embarcadère, Sinh dut demander l'hospitalité pour la nuit à un forgeron. Mariés depuis trois ans, sa femme et lui formaient un couple très gai et très accueillant. Ils insistèrent pour lui offrir un copieux repas composé de riz de la nouvelle récolte, de viande de porc grillée et de chou aigre. Quant à la ration de riz gluant qu'il avait sur lui, la femme l'avait fait si bien frire qu'il était aussi croustillant que le «banh chung»[1] du Têt. Elle le leur servit au dessert :

— Faites comme chez vous, grand frère. Mais je vous conseille d'attaquer tout de suite sinon tout sera dévoré avant que vous ayez eu le temps de dire ouf ! C'est que mon mari est très exigeant sur la nourriture... Il lui faut au moins deux mesures pleines de riz par repas.

---

1. Gâteau de riz confectionné à l'occasion du nouvel an.

Tout en s'adressant au visiteur, la femme cherchait à provoquer gentiment son mari. La mine réjouie, l'homme répondit dans un large sourire :

— Tu as fini de dire du mal de moi ?... Comment peux-tu parler de deux mesures alors qu'il me suffit de huit cents grammes !...

Sachant qu'une mesure de riz pèse quatre cent cinquante grammes, Vu Sinh rit lui aussi.

Le repas terminé, la femme mit à cuire des patates douces. Une heure ne s'était pas écoulée qu'un parfum de léger brûlé se répandit dans la petite maison. L'homme se frotta les mains :

— Venez déguster les patates avec nous, grand frère. Les anciens avaient raison : les patates vous mettent l'eau à la bouche même quand on n'a plus faim.

Il installa Vu Sinh près du brasero, souleva le couvercle en terre cuite de la marmite puis sortit du bout des doigts les patates brûlantes en gémissant. La femme lui lança un regard de tendre reproche :

— C'est malin ça ! Maintenant touche le lobe de ton oreille avec les doigts, ça te soulagera... Le mari obéit en souriant de toutes ses dents. Le vent du nord qui faisait rage au dehors fut un instant recouvert par l'éclat de rire juvénile et heureux de la jeune femme.

Sinh mangeait les patates en silence.

— Cela vous plaît, grand frère ? lui demanda le forgeron. Les patates de chez nous sont considérées comme les plus onctueuses...

— Elles sont excellentes.

Il avait répondu machinalement. Il n'avait pas fait attention à la saveur des patates. La manière dont ce couple se comportait l'un avec l'autre le stupéfiait. Luu et lui n'avaient jamais connu des instants aussi exaltants. Pas une fois il n'avait posé sur sa femme le regard ardent et comblé qu'il avait lu dans les yeux du forgeron. Et jamais elle n'avait eu pour lui des mots ou des gestes aimants comme ceux que cette femme témoignait à son mari.

La conversation s'épuisait, le brasero se refroidissait lentement tandis que le vent redoublait de force.

— Et maintenant au lit, dit brusquement le forgeron.

Il se leva en s'étirant et en faisant craquer les jointures de son dos. Il attendit que Sinh eût accroché la moustiquaire et fût couché bien au chaud sous sa couette avant de souffler sur la lampe et de gagner sa chambre. La jeune femme s'y était rendue avant lui et avait déjà étalé la natte et préparé les couvertures. Lorsque le mari y pénétra à son tour, ils se taquinèrent encore un moment en essayant d'étouffer leurs rires. Elle disait :

— Pas si fort, tu empêches le cadre politique de dormir...

— Alors, arrête de me pincer ! Il va se moquer de nous s'il nous entend rire comme ça !

Mais elle continuait à l'agacer comme si elle ne pensait plus aux conseils de prudence qu'il venait de lui donner. Sans doute pensait-elle que l'hôte, épuisé par la longue route, était profondément endormi depuis longtemps. Le couple poursuivait leurs tendres querelles et leurs jeux amoureux, exactement de la même façon que les autres nuits.

Vu Sinh eut du mal à trouver le sommeil. Il entendait distinctement chaque mot que prononçaient les époux ; il pouvait se représenter chacun de leurs gestes. Maintenant le jeune forgeron enfouissait son visage dans la chevelure de sa femme dont il respirait le parfum à grandes inspirations comme s'il humait l'air du large. Il ne se lassait pas de répéter qu'elle sentait la feuille de pamplemousse et celle du basilic. Il affirmait aimer jusqu'à l'odeur de transpiration de sa nuque, témoin de ses efforts de la journée. Quant à sa femme, tout en repoussant le mari, elle le chatouillait aux aisselles si bien que Sinh entendait des fous rires qui lui parvenaient par vagues successives.

Sinh demeura interdit. Jamais encore l'occasion ne lui avait été donnée d'être le témoin des relations intimes d'un couple. Il comprit brusquement que la vie conjugale peut être merveilleuse pour peu qu'on s'aime d'amour. De même que l'homme des montagnes qui voit pour la première fois la mer, il découvrit avec éblouissement la violence des vagues et l'immensité infinie de l'horizon.

Le lendemain matin, il prit le bac et poursuivit sa mission. Mais dès qu'il se retrouvait dans son foyer, une tristesse glacée s'abattait sur son âme. Il se sentait extrêmement las. Bien que n'étant pas tout à fait conscient de l'échec de sa vie conjugale, il avait à présent le pressentiment que son malheur ne faisait que commencer. Certes, il n'avait jamais été amoureux de Luu, il ne l'avait jamais aimée, mais comme il ne le savait pas lui-même, la vie terne qu'il avait menée à ses côtés lui avait paru jusque-là paisible. Elle devenait insupportable maintenant qu'il voyait sa situation d'un autre oeil. L'année suivante, alors que leur premier enfant venait d'avoir cinq mois, Vu Sinh s'engagea volontairement dans l'armée active. On le nomma chef de section et on l'envoya rejoindre son unité, basée alors à Thai Nguyên. Depuis le jour de son départ jusqu'à la signature des accords de Genève, quand les cinq portes pavoisées de la ville s'étaient ouvertes pour accueillir le retour de l'armée triomphale, pas une fois il n'était retourné chez lui.

Durant cette période, sa troupe avait eu l'occasion d'établir ses quartiers sur les hauts plateaux, dans un village de Thaï blancs.[1] Le propriétaire qui l'hébergeait était un vieil homme. Il avait deux filles. L'aînée travaillait dans les services du chef de district des régions montagneuses tandis que la cadette, engagée comme travailleuse civique, s'occupait du ravitaillement des résistants. Le vieux buvait sec et possédait un remarquable talent de conteur. Lorsque son unité quitta la région, le vieil homme avait tenu à traverser le col avec eux. Au moment des adieux, il désigna soudain la montagne qui leur faisait face :

— Tiens, voilà ma benjamine qui rentre chez nous... La voilà de retour.

Quelques instants plus tard Vu Sinh distingua la silhouette d'une jeune fille sur le chemin sinueux qui contournait la montagne. Elle marchait d'un pas souple et ressemblait à quelque fée surgie d'un univers de rêve, légère et gracieuse dans son costume traditionnel blanc, tantôt apparaissant, tantôt disparaissant parmi la verdure et la chaîne sans fin des montagnes. Sinh resta à la regarder un long moment, comme paralysé, et ne reprit ses esprits que lorsqu'il entendit le chef d'escadron faire ses ultimes adieux au vieil homme et exhorter la troupe à se remettre en marche. Ils s'engagèrent sur

---

1. Minorité montagnarde du Viêt-nam du Nord.

la même route tortueuse que celle où cheminait la jeune Thaï. Sans se donner le mot, tous les soldats guettaient, émus, l'instant où ils allaient croiser cette jeune beauté. Vu Sinh était sans conteste celui dont le coeur battait le plus fort. Il se sentait à court de souffle comme s'il avait à porter une charge trop lourde.

Ils aperçurent la jeune fille au bout de dix minutes de marche environ. D'une voix cristalline, plus harmonieuse que le chant d'un oiseau, elle salua la troupe. Le chef d'escadron ordonna une brève halte, le temps de lui dire quelques mots aimables sur son village natal. L'agent de liaison en profita pour lui raconter d'une voix volubile une foule d'anecdotes sur son père, bien qu'il ne l'eût pas mieux connu qu'un autre. Quant à Sinh, il gardait le silence d'un air digne mais ses yeux ne pouvaient se détacher du beau visage qui se présentait à lui. Elle avait une physionomie pleine de grâce, la peau dorée d'une pêche mûrie au soleil, des sourcils qu'on aurait dit tracés au pinceau, un nez fin et des lèvres qui faisaient penser à deux pétales de rose. Elle avait la même beauté altière et mystérieuse que celle de la forêt. Et l'image de son corps souple qu'enserrait le costume traditionnel poursuivit Sinh bien après sa disparition. Elle éclairait son coeur solitaire de sa douce lumière, comme cette étoile du soir qui luisait au dessus de la chaîne infinie des montagnes.

Longtemps il avait langui d'amour pour la jeune Thaï, jusqu'au jour où il avait enfin rencontré la femme de sa vie.

— J'aimerais que nous regardions les choses en face, afin de ne pas gâcher ce qui nous reste de jeunesse.

Le responsable de division Vu Sinh parla d'une voix

mesurée. Il continua, sans regarder sa femme :

— Nous devons admettre que nous nous sommes mariés sans prendre la peine de nous demander si nous nous aimions. Nous étions sans doute trop jeunes l'un et l'autre, nous n'avons pas su peser le pour et le contre.

Elle l'écoutait en silence. Elle repensait aux deux garçons pour lesquels elle avait eu quelque penchant avant de se marier. L'un, après avoir obtenu son certificat d'études primaires, était devenu instituteur ; l'autre s'était engagé dans l'armée avant même qu'elle ne quittât son village pour venir travailler au district. Il n'y aurait sans doute pas grande différence si elle avait épousé l'un de ces deux-là plutôt que Vu Sinh. Comment se faisait-il que cette idée ne l'ait pas effleurée à cette époque ? Etaient-ce les plaisanteries des camarades, leur volonté de les accoupler qui lui avaient fait croire que c'était Sinh qu'elle préférait ? Ou était-elle alors incapable de réfléchir par elle-même ?

Le mari poursuivit :

— Je me suis souvent dit que si nous avions pris conscience du problème plus tôt, au moment de l'indépendance, en 1954, avant la naissance de la petite Mai par exemple...

Il baissa la tête et fourra la main dans ses cheveux d'un geste familier. La femme laissa échapper un long soupir. Elle venait de comprendre ce que voulait dire son mari : «Si nous nous étions quittés à ce moment-là, les choses auraient été plus simples.»

Une douleur ancienne lui revenait à la mémoire. C'était au lendemain de la victoire et elle attendait son retour. Aussitôt arrivé, il s'était dirigé vers le groupe formé d'oncles, de tantes, de neveux et nièces... Il était souriant et semblait heureux de les revoir. Elle attendait patiemment qu'il vînt à elle, comme l'aurait fait n'importe quelle femme sachant qu'un combattant qui revient vainqueur du champ de bataille est d'abord une source de fierté pour les siens et pour ceux de son village. Et, lorsqu'elle eut débarrassé le dernier plateau du festin, lorsque tout le monde s'était endormi du sommeil du juste après une journée passée à bien pleurer, à bien rire, à bien boire et manger, elle continuait à l'attendre, avec un désir exaspéré et une impatience bien compréhensible chez une femme dont l'époux était absent depuis quatre longues années. Mais quand ils furent seuls dans la chambre, il demanda de ses nouvelles d'une voix lointaine, utilisant les mêmes mots anodins qu'il avait usés avec d'autres. Elle avait le sentiment qu'il cherchait désespérément quelque chose à lui dire et qu'il ne parlait que pour meubler le silence. Quant à elle, elle s'entendait répondre de la même façon indifférente que lui, reprenant les questions que tout le monde lui avait déjà posées dans la journée. Puis ils ne trouvèrent plus rien à se dire. Le silence devint oppressant. Alors il s'empressa de lui faire l'amour. Le premier instant d'émoi passé, ils demeurèrent étendus côte à côte sans rien dire.

Elle respirait l'odeur de mousse qui montait du sol battu, le parfum des fleurs d'artabotrys du jardin, l'odeur de moisi que dégage l'humidité des nattes et des couvertures trop longtemps délaissées. Et elle pensait que ces vieilles odeurs ne changeraient jamais.

De son côté, il humait lui aussi les effluves de la fleur d'artabotrys, une espèce aux pétales charnus et aussi dorés que les plumes du serin et qu'il avait l'habitude de cueillir depuis l'âge de onze ans. Il avait l'impression que ce parfum s'exhalait du fond de son âme et qu'il se confondait avec son propre passé. Quant à l'odeur de mousse qui montait du sol, celle des nattes du lit et même la respiration de la femme allongée à côté de lui, tout cela lui paraissait absolument étranger. Elles se trouvaient quelque part, très loin, en dehors du champ de sa conscience.

Il entendit son fils parler en rêvant. Le coeur serré il se pencha, déposa un baiser furtif sur la joue de l'enfant endormi puis se remit sur le dos. Il ne parvenait à oublier ni le parfum des artabotrys, ni le souvenir de la jeune Thaï. Et il les emportait tous deux au coeur de son sommeil.

Ainsi était sa vie.

Il lui arrivait parfois, tandis qu'il couchait avec sa femme, de croire qu'il tenait contre lui le corps gracieux de la jeune fille moulée dans son corsage blanc. Mais quand il prenait conscience de la réalité, il avait l'impression de tomber dans un gouffre profond. Une colère sans raison le projetait hors du lit. Il ouvrait la porte et allait fumer dans le jardin.

— Bien des fois, poursuivit le mari d'une voix égale, bien des fois j'ai pensé qu'après tout nous ne sommes plus de la prime jeunesse et qu'à cause des enfants nous ferions mieux de continuer à mener cette existence jusqu'à la fin de notre vie. Mais chaque jour qui passe m'éloigne de toi un peu plus, et sans amour, sans désir, je ne puis... je te rendrai malheureuse, non pas pour un mois ou un an, mais pour toute la vie.

Il but une gorgée de thé, vida le fond de la tasse à travers la fenêtre qui donne sur le jardin et dit doucement :

— Je ne puis me forcer. En amour, l'effort ne sert à

rien... ne crois-tu pas ?

La femme regarda son mari. Elle eut vaguement conscience qu'il avait raison. Que la chambre solitaire avec son parfum d'artabotrys, ses odeurs de moisi qui montent du sol battu et la froidure du lit conjugal déserté seraient son lot à jamais. Car il y manquera toujours le souffle chaud d'un homme, l'amour ardent d'un homme, les bras puissants d'un homme. Son mari ne faisait qu'y passer hâtivement, à la manière d'un voyageur pressé, s'arrêtant juste le temps de boire une tasse de thé avant de reprendre la route. Jamais elle ne pourrait le changer, jamais elle ne pourrait faire de lui quelqu'un capable de l'aimer, de la serrer dans ses bras, de la réchauffer.

Oui, mais si elle le perdait ? Elle songeait à ses deux enfants, aux longues années d'attente sans espoir, aux efforts qu'elle avait déployés pour entretenir le jardin, bêcher le potager. Il n'était pas un sillon de légume, un pied de piments, y compris l'artabotrys, qu'elle n'avait arrosés de sa propre sueur. Et puis, avec des moyens financiers aussi limités que les siens, ne risquerait-elle pas de se retrouver complètement démunie si elle quittait cette maison ? Elle eut tout à coup pitié d'elle-même. Le chagrin la submergeait comme de grandes vagues. Elle s'exclama :

— Mais il reste les enfants, il reste la maison. Je serai...

Et elle éclata en sanglots.

Le responsable de division Vu Sinh alla chercher dans la cour une serviette de toilette qu'il tendit à sa femme.

— Je sais, j'ai pensé à cela moi aussi. Il est vrai que les enfants pourraient être un obstacle à tes projets si tu envisageais de refaire ta vie. Mais sois tranquille, mes parents se chargeraient d'eux. Quant à la maison, tu pourras continuer à vivre ici si tu le désires. Sinon, je t'en ferai bâtir une autre plus près de ton travail afin de te faciliter la vie.

La femme écoutait son mari avec la plus grande attention. Au bout d'un instant elle s'écria :

— Mais il y a encore...

Ses sanglots l'empêchèrent de continuer.

Vu Sinh alla s'asseoir sur une marche et contempla la cour. «Il n'est pas de douleur que l'homme ne puisse surmonter, se dit-il à lui-même. Dans la vie l'important est de savoir triompher des obstacles, comme ces poissons qui doivent franchir l'épreuve des chutes de Vu Môn avant de devenir dragons... Ne pas baisser les bras. Se résigner aujourd'hui, c'est préparer son malheur pour toute la vie.»

Il retourna auprès de sa femme, posa la main sur son épaule :

— Ne pleure plus, Luu. Tout se passera comme tu le voudras. Si tu refuses, nous continuerons à vivre comme par le passé. Mais nous serons malheureux tous les deux. Et la première à en pâtir ce sera toi. J'éprouve pour toi une compassion infinie mais je te prie de me comprendre. Personne ne peut se forcer à aimer...

Il parlait lentement, avec tristesse mais fermement. Et la femme l'écoutait.

Le cri joyeux des enfants, de retour après avoir assisté à la fête dans le village voisin avec leurs grands-parents, mit fin à leur entretien.

Allongée sur le lit, Luu réfléchissait aux paroles de son mari bien après le départ de ce dernier. Ce qu'elle

31

ressentit tout d'abord, c'était une intolérable souffrance. Mais peu à peu elle se rendit compte que son
mari avait raison. Elle se sentit soulagée comme un
voyageur égaré dans la forêt profonde et qui découvre
brusquement l'horizon. Elle avait envie de lui envoyer
un mot. Mais auparavant elle tenait à consulter Hông
Tham, parce que c'était son amie mais aussi parce
qu'elle était présidente de l'Union des femmes du district. Malheureusement Hông Tham avait été envoyée
à Hanôi pour suivre des cours politiques pendant une
période de dix-huit mois. Elle écrivit alors à son mari,
lui disant qu'elle voyait clair à présent et qu'elle le
priait de rentrer afin de régler au plus vite la question
du divorce. Réaliste, elle savait que la femme n'a
qu'une saison, et que chaque année qui s'en va
emporte à jamais une part de sa jeunesse.

Le responsable de division Vu Sinh revint aussitôt. Il
s'occupa de lui faire bâtir une jolie petite maison, comprenant trois chambres et une cuisine, tout près du lieu
de son travail. Lorsque le tribunal eut rendu le jugement de divorce, la construction de la maison était elle
aussi terminée. Ils se dirent adieu comme deux amis,
non sans un certain attendrissement.

— Tu verras, Luu, tu ne tarderas pas à rencontrer un
homme qui t'aimera sincèrement et qui te rendra heureuse. Je te demande pardon pour toutes ces années
que nous avons vécues. Lorsque je pense au passé, je
ne peux m'empêcher de me sentir coupable, bien que
moi aussi, j'étais loin d'être heureux. Notre seule faute
était d'avoir manqué d'expérience.

Il disait cela pendant qu'ils faisaient un bout de route
ensemble. Ils arrivèrent à un carrefour. D'un côté, il y

avait le chemin qui conduisait au district où travaillait Luu, de l'autre celui qui menait à la maison de Vu Sinh. Quant au troisième, il indiquait la direction de l'école d'entraînement militaire. C'était une route recouverte de sable fin. Lavé par la dernière pluie, il brillait au soleil comme un essaim d'étoiles.

Le responsable de division Vu se rendit au champ de manoeuvre, là où il formait jour après jour de nouvelles recrues et dont certaines lui étaient devenues maintenant familières. Le temps était au beau fixe, les touffes de chiendent pointaient vers le soleil levant leurs feuilles aiguës où pendaient encore des gouttelettes de rosée. De la rangée de maisons situées sur la droite, surgit brusquement un jeune homme, torse nu, vêtu d'un caleçon couleur de feuilles mortes :

— Hé ! le chef est de retour, le chef revient de sa permission. Venez les gars. Avez-vous des cadeaux pour nous, chef ?

Vu sourit sans répondre. Il sortit de son ballot un paquet de tabac ainsi qu'un demi-kilo de bonbons au riz grillé que sa mère avait fait confectionner par une voisine :

— Je n'ai que du tabac coupé et des bonbons au riz grillé.

Parmi les soldats qui l'entouraient, quelqu'un jeta au type en caleçon un regard de reproche :

— Le chef a des problèmes. Le chef a du chagrin et lui, il ergote à propos de cadeaux. Il est vraiment impossible ce Do.

L'homme en caleçon nommé Do, répondit du tac au tac :

— Quel chagrin ? Quand on est mal marié, il faut se séparer et aller chercher son bonheur ailleurs. Personne

33

n'est mort, que je sache. Tu es vraiment rétrograde, toi.

Vu Sinh les apaisa :

— Allons, allons. Venez fumer et boire une tasse de thé. Quelqu'un a-t-il du thé ?

— Oui chef. Du thé thaï de première catégorie... Nous ne l'utilisons que le dimanche, pendant les permissions.

Do répondit allègrement avant de pénétrer dans la maison. Vu défit son ballot, le posa sur le lit. Il regarda le caporal Do s'affairer autour de la bouilloire et du paquet de thé, exhortant l'un à laver les tasses, l'autre à pousser le tas de nattes et de couvertures afin que tout le monde puisse s'installer. Il avait un visage rond plein d'énergie et respirait la joie de vivre.

«Il est loin de se douter du rôle important qu'il a joué dans ma vie...», songea Vu Sinh.

Deux ans plus tôt, lorsqu'on lui avait confié la nouvelle recrue, il avait tout de suite remarqué Do. Tout d'abord à cause de l'air naturel, plein de santé et plein de malice du jeune garçon. Ensuite à cause de son caractère espiègle dont les mauvais tours perturbaient souvent l'atmosphère sérieuse et disciplinée de la troupe. C'est ainsi que pendant l'appel, alors que les soldats vêtus de leur uniforme impeccable se tenaient au garde-à-vous dans un climat des plus sérieux, on voyait soudain cinq ou six d'entre eux se livrer à une danse de Saint-Guy en hurlant parce que Do avait glissé au fond de leur pantalon un souriceau, une sangsue ou encore une chenille verte et velue de la grosseur du doigt.

Une autre fois, pendant une leçon de politique, le silence fut brisé par une toux sèche et continue comme celle d'un vieil asthmatique. Interrompant alors son enseignement, le commissaire politique s'adressa aux élèves-officiers :

— J'ordonne que dans toutes les escouades on fasse ce qu'il faut pour découvrir le malade afin qu'il puisse bénéficier d'un séjour en maison de repos.

On vérifia, on chercha. En vain. Finalement, on découvrit dans un coin de la salle un crapaud dont Do avait cousu la gueule et qui coassait en étouffant.

Après maintes remontrances, Do avait plus ou moins renoncé à ses facéties.

Vu Sinh s'était attaché à ce jeune soldat parce qu'il reconnaissait en lui des qualités qu'il ne possédait pas lui-même : la cohérence dans les actes et une franchise qui, pour être un peu simpliste, n'en constituait pas moins le plus court chemin qui mène à la vérité.

Un jour, il apprit de manière tout à fait fortuite l'histoire de Do. Ce jour-là, ils venaient de terminer un exercice de tir particulièrement difficile. En récompense, Vu Sinh décida d'accorder à tout le monde quinze minutes supplémentaires de repos. Les jeunes soldats hurlèrent de joie et allèrent se mettre à l'abri du soleil, au pied de la colline. L'ombre fraîche d'un pin couvrait leurs visages encore luisants de sueur et le vent portait jusqu'à leurs narines la senteur des épis de riz mêlée à celle d'eucalyptus. L'air qu'ils respiraient était aussi léger que le vol d'un cerf-volant. Vu était assis derrière un amas d'herbes sèches que les paysans avaient dressé en attendant de les brûler pour en faire des engrais. Il avait enlevé son chapeau et regardait en plissant les yeux la cime des pins tout là-haut. En face, les soldats se désaltéraient, fumaient, ou parlaient des filles du hameau près du terrain d'entraînement. Les plus jeunes gloussaient. Mais celui qui parlait le plus fort, c'était Do.

— Tu es aussi poltron qu'un lapin, disait Do. Si tu la trouves à ton goût, pourquoi ne pas le lui dire carrément ? «Petite soeur, tout ce que je souhaite c'est mourir pour te prouver mon amour. Ordonne et je ferai tout ce que tu voudras.» Quant à la grosse Thu, si par hasard elle s'aventurait près du camp, tu n'as qu'à l'attendre devant la porte. Prosterne-toi devant elle et dis-lui : «Mon coeur est infiniment touché de l'intérêt que tu me portes, malheureusement je ne puis t'aimer. Aussi tu ferais bien d'aller voir ailleurs afin de ne pas gaspiller tes jeunes années. Car cela me fait mal au coeur de voir le vent de ta jeunesse souffler bêtement à travers le portail de ce camp.» Tu ne crois pas que c'est comme ça qu'il faut régler l'affaire ? Tandis que toi, tu n'oses ni avouer ton amour à celle que tu aimes ni dire la vérité à celle qui te poursuit et que tu n'aimes pas. Tu t'emberlificotes dans des fuites et des mensonges ridicules. Tu lui mens en disant que tu es absent et pendant qu'elle te guette, voilà que tu sors pour aller aux cabinets. Evidemment elle te voit et se met à hurler comme un putoir : «Pourquoi m'as-tu menti, grand frère ? N'as-tu pas honte ? Mais quel genre d'homme es-tu ? Tu n'es qu'une femmelette»...

Et tout le monde de se tordre de rire.

Le chef de section commenta :

— Do est un type très débrouillard. A vingt-trois ans, il a déjà eu deux femmes.

Do rectifia :

— Comment ça, deux femmes ? Je n'ai jamais touché à

la première. Comment peut-on la considérer comme ma femme ? Quant au mariage arrangé par les parents, il pourrait aussi bien y en avoir cinq sans que cela ait d'autre signification pour moi qu'une occasion de faire la fête. Je les avais prévenus ; à partir de là ma décision était aussi inébranlable que le roc.

Tout le monde parlait en même temps :

— Comment t'y es-tu pris pour les prévenir ? Raconte-nous, Do. Raconte comment s'est passé ton mariage puisque le chef nous a accordé quinze minutes de plus.

Do s'énerva :

— Je vous l'ai déjà raconté une fois, je ne vais tout de même pas me répéter !

— Mais pas du tout. Tu l'as dit juste au chef de groupe et à moi. Les autres ne l'ont jamais entendu.

— C'est vrai quoi, raconte-nous frère Do. Qu'on puisse profiter de ton expérience.

Do s'éclaircit la voix avant de commencer :

«Mon père possédait une couveuse artificielle où il faisait éclore des oeufs de canes. Dès l'âge de quatorze ans, j'étais chargé de les surveiller. En ce temps-là, j'avais une amie du nom de Tinh. On se connaissait depuis qu'on était tout petits et qu'on allait tout nus couper de l'herbe, garder les buffles ou nager dans la rivière ensemble. Lorsque nous fûmes en âge d'aller à l'école, on se retrouva dans la même classe. Au bout de deux ans, Tinh abandonna les études pour s'occuper des travaux des champs. Moi, j'ai continué. Mais quand Je rentrais chez moi aux grandes vacances, je m'occupais de la couveuse. Tous les soirs, je dînais puis allais prendre la relève. Mon père rentrait alors dîner à son tour puis se couchait. Tinh me rejoignait vers sept heures du soir, quand les lucioles commençaient à éclairer les buissons. Et on se mettait à babiller tous les deux. Je ne sais plus de quoi on parlait mais on était comme ivres de paroles. Si vous me demandez maintenant le sujet de ces conversations, j'avoue que je serais bien incapable de le dire. Je ne me souviens de rien. Quand on était fatigués de parler, on faisait cuire des oeufs et on les mangeait. Il y a des nuits où on consommait jusqu'à quinze oeufs de suite. Tinh disait :

— Ne fais cuire que les moins beaux sinon ton père va te gronder.

Je secouais la tête :

— Faut-il avoir plus de considération pour les choses que pour les humains ? On va déguster les meilleurs. On est producteurs, il est juste qu'on ait les plus beaux morceaux, non ?

Le lendemain, mon père râlait comme prévu mais je faisais comme si je n'avais pas entendu. Finalement, il a laissé tomber. Les choses se passèrent ainsi jusqu'à ma vingtième année. Je finissais alors mes études secondaires. Mon père disait :

— Tu resteras à la maison après tes examens car je vais te marier.

Je pensais qu'il avait remarqué le lien qui nous unissait, Tinh et moi, et qu'il projetait de lui demander sa main. Je répondis sans réfléchir :

— Je m'en remets à toi, père.

Mon père dit :

— Alors habille-toi convenablement demain et accompagne-moi au hameau Ha.

J'ouvris des yeux ronds :

— Pour quoi faire ?

Mon père désigna le panier de laque où il avait préparé je ne sais quand des feuilles de bétel, des noix d'aréquier, du thé et du tabac :

— Pour demander la main de ta promise.

— Et qui est-ce ?

Mon père annonça d'une voix solennelle :

— Nous allons demander la main de la petite Thuân, la fille de monsieur Huong Môc. Qui veux-tu que ce soit ?

Je pâlis car je venais de découvrir le fin fond de l'affaire. Mais je fis face à la situation.

Après m'être habillé pour la circonstance, j'annonçai moi aussi d'une voix solennelle :

— Je ne me marierai pas avec la petite Thuân. Même si tu devais me battre jusqu'à ce que mort s'ensuive...

Mon père se leva, prit le fouet de rotin accroché à la poutre sous le toit mais je m'étais déjà sauvé à l'autre bout de la ruelle. Je ne rentrai pas ce soir-là. J'attendis ma mère à l'entrée du village. Sans moi, mon père était obligé de surveiller la couveuse le soir et ma mère lui apportait son repas sur place. Dès qu'elle lui eut déposé le dîner je me glissai dans la maison, dévorai la moitié d'une marmite de riz avec du poisson tout en bavardant avec ma mère. Elle dit :

— Je sais que toi et la petite Tinh vous avez du penchant l'un pour l'autre. On dit avec raison qu'il est difficile de s'arracher à un amour d'adolescence. Mais ton père pense autrement. Cela fait trois ans qu'il partage la table de monsieur Huong Môc. Et depuis que lui et sa femme se sont associés avec nous pour l'affaire des couveuses artificielles, les liens se sont resserrés. Au nouvel an, quand ils se sont vus à la cérémonie de l'anniversaire du décès de M. Bai, tous deux ont promis de marier leurs enfants afin d'être encore plus proches l'un de l'autre. Je n'ai pas réussi à l'en dissuader. Tu connais son caractère... Il est capable de casser toute la vaisselle et même de mettre le feu à la cuisine si on le contrarie.

Je me levai :

— Il pourrait brûler la maison entière que je ne changerais pas d'avis.

Puis je pris la porte. Je marchais d'une seule traite jusqu'au hameau de Ha. Arrivé devant le portail de M. Huong Môc, je criai :

— Mademoiselle Thuân est-elle là ?

Une voix aigrelette répondit :

— Oui, je suis là... Qui êtes-vous, entrez...

Rien que d'entendre sa voix me mettait hors de moi. Je dis d'un ton bourru :

— Non, je n'entre pas. Sortez, j'ai à vous parler.

Elle eut l'air de tenir conciliabule avec sa mère un long moment, puis elle sortit d'un pas hésitant, ses mains froissant une feuille d'hibiscus :

— Vous ici, grand frère...

Sans lui laisser le temps de dire quoi que ce soit d'autre, j'attaquai :

— C'est vous mademoiselle Thuân ?

Elle baissa la tête timidement :

— Oui.

En vérité je la connaissais très bien. J'avais déjà eu l'occasion de la rencontrer à la fête du Têt, quand j'organisais des spectacles ou des projections de films pour les filles et les garçons de nos deux hameaux. Déjà je disais à ce moment-là : «Je me demande qui aurait le courage de demander la main de la petite Thuân. Elle a les lèvres lippues et une figure maigrichonne. De plus elle est myope comme une taupe si bien qu'elle a toujours l'air de jeter des coups d'oeil de reproches au ciel.» Je ne m'attendais pas à ce que cette fille me fût destinée. Et cette idée me mettait en rage :

— Votre père vous a promise à moi, n'est ce-pas ?

La fille darda sur moi ses yeux de myope en clignotant. Elle semblait effrayée et honteuse à la fois :

— Je crois bien qu'il était venu...

Je la bousculai :

— Il était venu pour quoi faire ?

La fille commença à trembler, ses mains froissaient nerveusement la feuille d'hibiscus :

— Je crois bien que c'est pour demander ma main...

Sur ce elle ne trouva plus rien à dire. Je commençai à la prendre en pitié. Je dis d'une voix plus gentille :

— Je n'ai rien contre vous. Mais nous ne nous aimons pas, nous ne pouvons pas devenir mari et femme. Je suis venu vous prévenir afin que vous sachiez ce qu'il faut répondre à mon père. Nous faisons tous deux partie des Jeunesses communistes : nous devons agir avec franchise. Bon je m'en vais... Au revoir.

Et je tournai le dos sans attendre sa réponse.»

Les soldats qui écoutaient l'histoire murmurèrent :

— Ce type est aussi net qu'un trait de pinceau à l'encre de Chine. Comment pourrait-on le supporter ?

Do répliqua brutalement :

— Même net comme un trait de pinceau, ça ne m'a pas servi à grand-chose. Qu'est-ce ce serait si je ne l'étais pas ? Mon père n'a tenu aucun compte de mes sentiments. Il est allé demander la main de la fille, il a organisé le mariage. «La paille qu'on pose à côté du feu

41

finira tôt ou tard par s'enflammer, disait-il, l'amour viendra quand il sera marié et quand il aura des enfants. J'ai donné ma parole à M. Huong Môc devant tout le monde, alors il aurait beau avoir six paires d'yeux et douze bras, il ne pourrait rien y changer...» Et il fit tuer le cochon, confectionner le pâté, préparer le hachis de porc. Au mariage, il a fait servir vingt plateaux de nourritures et allumé successivement trois rouleaux de pétards. La ruelle était jonchée de résidus. Mais moi, je n'étais pas là, j'errais d'une maison à l'autre, de village en village. Quand la faim me tenaillait, j'allais déterrer les patates douces que je faisais griller. Et lorsque ce fut le tour de ma mère d'aller surveiller l'éclosion des oeufs, je la rejoignis et en fis cuire une dizaine que je consommai sur place... Au bout de six mois, mon père s'avoua vaincu. La petite Thuân plia bagages et retourna chez ses parents. Alors mon père dut tuer un second cochon pour célébrer mon mariage avec Tinh. Pour ne pas perdre la face, il racontait aux gens du village : «Eh oui, quand la terre refuse de se plier à la volonté du ciel, le ciel est bien obligé de se plier à celle de la terre. Les idées de mon époque ne sont plus de saison. On me considère comme "vieux jeu" aujourd'hui...»

Quelqu'un dit :

— Ce n'est pas ton père qui est vieux jeu, c'est toi ! Puisque le mariage a été célébré, pourquoi ne pas en profiter pour jouer le mari pendant quelques jours ?

Do répondit :

— Tu es franchement salaud. T'es vraiment une canaille... Il fallait que cette fille manque complètement d'amour-propre pour accepter d'être mariée de cette façon. Et tu veux que je joue le jeu ! D'ailleurs, sans amour quel plaisir y a-t-il à avoir ? Je ne l'aurais pas fait pour tout l'or du monde...

Les jeunes soldats éclatèrent de rire. Le sous-chef de la section dit :

— Il n'en a pas l'air mais ce type est une sacrée tête de mule. Qu'est-ce que tu fais pour que ta femme soit folle de toi comme si elle avait avalé d'un seul trait tout le philtre d'amour ?

Do rit :

— Pour ça, il faut que l'amour soit réciproque, tu comprends...

Vu Sinh écoutait le rire crépitant des jeunes soldats. Mais lui ne riait pas. L'histoire de Do lui fit prendre conscience de la sienne, une situation dans laquelle il s'était enfermé depuis dix ans et dont son indécision l'avait jusqu'alors empêché de s'affranchir.

Pour être plus précis, cette prise de conscience avait commencé il y avait bien longtemps, depuis le jour où il avait été témoin de la vie conjugale harmonieuse du couple du forgeron. Mais elle venait de trouver sa conclusion dans les déclarations sincères du soldat Do. La nappe de brume qui stagnait de manière permanente dans son esprit, due à la lassitude, la paresse et le découragement, se dissipa. Il comprit qu'il devait maintenant aller jusqu'à la racine du mal s'il voulait reprendre sa vie en main. Il pensait tout à coup au divorce comme à la chose la plus naturelle du monde. Cette lucidité toute nouvelle le rendait plus fort et sous ses dehors silencieux et tourmentés, une nouvelle soif de vivre se faisait jour.

Tout en portant à ses lèvres la tasse de thé brûlant

que lui avait apportée un soldat, il contemplait les feuilles du chiendent encore chargées de rosée dont les gouttes jetaient dans la lumière des éclats de feu, et le carré d'azur où deux alouettes des champs se poursuivaient en égrenant leurs notes joyeuses. Son coeur ressemblait à ces oiseaux, impatient de prendre son envol et son âme était comme ces herbes humides de brume qui n'attendaient plus que la lumière du soleil. Après tout il n'avait que vingt-huit ans et avait encore la vie devant lui. Il connaîtrait le bonheur, aussi sûrement que l'aurore qui, chaque matin, chasse la nuit.

— Qu'est-ce qui vous fait sourire, chef ? lui demanda le caporal.

— Rien, rien.

Vu répondit évasivement. Il s'aperçut qu'il avait souri à ses rêveries et que les soldats l'avaient remarqué. Alors, il dit pour détourner la conversation :

— Le thé était très bon. Si nous goûtions maintenant aux bonbons pour voir ? Ma mère les a fait faire par une de ses propres amies.

Le bonheur est aussi hasardeux qu'une partie de dés. Quand on attend avec ferveur que sorte le six, il se dérobe. Et alors qu'on n'espère plus, le voici qui s'immobilise sous vos yeux, exhibant sur la surface lisse de l'ivoire six points d'un rouge vif.

Vu Sinh enseignait à l'Ecole militaire depuis six mois quand brusquement se répandit la nouvelle que la troupe théâtrale de l'armée allait entreprendre une tournée dans les provinces. Le comité de direction l'envoya en ville avec pour mission de faire venir la troupe dans l'école.

— Nous vivons si éloignés de la cité que nos soldats n'ont pour toute distraction que quelques vieilles bobines de films dont les couleurs ont passé avec le temps. Aussi je compte sur vous pour les convaincre de venir ici afin de remonter le moral de nos troupes, lui dit le directeur.

Aussitôt, Vu Sinh monta dans un side-car et fila en ville. Il fut reçu par le chef des Forces armées provinciales dans son cabinet privé, une petite pièce située au second étage et dont la vue dominait le camp militaire, une partie de l'étang qui longeait la muraille et un immense terrain vague envahi d'herbes séparant les baraquements du bâtiment administratif. Sur la gauche, une scène avait été dressée.

Dans les coulisses, des techniciens étaient occupés à installer le circuit électrique qui devait relier l'appareil émetteur aux différents micros suspendus aux cintres. Sur scène, il y en avait deux autres posés sur des pieds de métal. Un rideau en velours cramoisi s'ouvrait de part et d'autre. Les banderoles de soie claquaient au vent. A l'avant-scène, des musiciens, fin prêts, accordaient leurs instruments. De temps à autre, l'accordéoniste leur redonnait la note de départ en appuyant sur une touche. Assis un peu à l'écart, deux musiciens, l'un jouant du cor et l'autre de la clarinette, emplissaient la campagne d'une musique aérienne. Les comédiennes allaient et venaient d'un air désinvolte. Leurs corps gracieux drapés dans des robes aux couleurs éclatantes faisaient de l'ombre au soleil et semblaient illuminer la vieille bâtisse.

Vu Sinh contempla la scène non sans un pincement au coeur. Autrefois, au temps où il faisait partie des Jeunesses communistes, il avait, lui aussi, gratté de la guitare en chantant des airs patriotiques tels que :

«C'est la Garde nationale qui s'en va au combat
D'un coeur vaillant ils se mettent en route
pour chasser l'ennemi.»

Mais depuis qu'il avait aperçu la belle Thaï sur les hauts plateaux du Tonkin, son répertoire avait subi quelques modifications. L'imagination encore tout enfiévrée par son apparition, il avait trouvé dans les paroles plus rêveuses de la chanson intitulée «Sourire des montagnes» un écho à son état d'âme :

«Je n'oublierai jamais nos adieux ce jour de printemps. La brume enveloppait les montagnes. J'emportai en te quittant l'image d'une ceinture verte, l'ivoire de ton corsage, le bracelet d'argent qui brillait à ton poignet et le merveilleux sourire qui éclairait ton visage...»

Comme le temps passe. Il coule telle l'eau vive dans le courant. Il s'en va et jamais ne revient. D'autres chansons ont remplacé celles de jadis. Pourtant, les voix mélodieuses et le son déchirant des clarinettes continuaient à faire naître en lui comme une question sans réponse, comme une soif inassouvie.

Voyant l'expression songeuse de Vu Sinh, le chef des Armées provinciales demanda :

— A quoi pensez-vous ? Si nous fumions une cigarette...

Il sortit un paquet de «Thu Dô», défit le papier argenté, prit l'une des cigarettes de luxe qu'il lui tendit :

— Je sais qu'à l'école vous ne manquez pas de bon tabac, mais goûtez à celui-ci. Pas de problèmes avec le programme d'entraînement j'espère ? Mais mon petit doigt me dit que vous n'êtes pas venu pour me parler de ça. Exact ?

— Tout à fait exact camarade. Voilà : les hommes de mon unité souhaiteraient...

— Je devine ce que vous allez me dire : vous désirez que les artistes de l'armée viennent jouer chez vous un soir, je me trompe ? lui dit le chef avec une grande perspicacité. Le comité responsable des tournées a déjà arrêté son calendrier. L'ordre des manifestations est le suivant : aujourd'hui et demain la troupe joue ici. Après-demain ils se produiront au siège du corps des artilleurs «Etoile rouge». Après cela, je pense qu'ils pourront venir chez vous. Il faudra vous organiser pour leur fournir une nourriture et un hébergement convenables.

Si j'entends la moindre plainte, vous pourrez mettre une croix dessus l'année prochaine. Est-ce clair ?

— Parfaitement clair, camarade ! dit Vu Sinh.

— Bon, il faut que je rentre chez moi maintenant.

Le chef des Forces armées provinciales se leva :

— Je dois aller chercher ma femme et les enfants pour le spectacle. Manquer un repas passe encore, mais manquer une pièce de théâtre... Ils me casseront les oreilles toute l'année.

Il prit son chapeau.

Vu Sinh le raccompagna jusqu'au portail. Il reprit son side-car et fonça sur la route. Au moment de franchir la porte de la ville, il entendit le bruit de l'auto du chef qui essayait vainement de le rattraper.

De l'instant où il avait ramené la bonne nouvelle jusqu'au jour de la représentation, l'école vécut dans une effervescence continuelle. Les caporaux s'étaient constitués en équipes de corvées, les uns s'occupant de l'installation des dortoirs, les autres du balayage. Ils avaient même recouvert l'allée centrale d'une couche de graviers et disposé des pots de chrysanthèmes devant le bureau de réception.

Au service d'intendance on discutait pour savoir lequel des cochons de la coopérative il fallait choisir, ou encore du menu des repas. Fallait-il servir une soupe de riz ou une soupe de nouilles aux artistes à la fin du spectacle ? Les plus impatients étaient bien entendu les plus jeunes, qui avaient peine à contenir leur enthousiasme. Depuis leur entrée dans cette école, en dehors de quelques séances de cinéma ou de soirées passées à jouer aux cartes, ils n'avaient jamais participé à une fête aussi importante.

La troupe débarqua trois jours plus tard, à neuf heures du matin. Une automobile transportant les comédiens pénétra dans la cour, suivie d'un camion où étaient entassés décors, matériel électrique, projecteurs et autres objets encombrants. Très vite, ils dressèrent la scène, plantèrent le décor, aidés dans ce travail de force par un groupe de sous-officiers tous jeunes et costauds. Puis on donna quartier libre aux actrices qui pouvaient alors faire un peu de lessive personnelle ou un brin de toilette et se reposer en attendant la représentation. Quand elles avaient terminé de vaquer à leurs affaires, quand les portes de leurs chambres s'étaient refermées derrière elles, comédiens et techniciens pouvaient à leur tour utiliser le puits pour la toilette.

Vu Sinh remarqua que les femmes de la troupe étaient choyées comme si elles se retrouvaient au sein d'une nouvelle famille. Le comportement plein de sollicitude des hommes déclencha en lui un lancinant désir de protection. Il lui semblait qu'il aimerait, lui aussi, prendre soin d'une femme : tendre la main pour l'aider à franchir un fossé, remplir la cuvette de fer émaillée pour qu'elle puisse se laver et attendre, à l'exemple de ces hommes, qu'elle ait fermé la porte de sa chambre avant d'aller se laver à son tour.

Malheureusement, ces rêves, il les avait gardés par-devers lui. Car il fut occupé toute la journée et quand vint le soir, un entretien avec le cadre politique — venu exprès de la province pour le rencontrer — lui fit manquer le dîner offert aux artistes.

Il ne lui restait que le moment du spectacle. Comme tous les hommes jeunes et libres, il contemplait les belles comédiennes d'un oeil à la fois ému et chargé d'espérances. Qui sait si l'une d'elle ne lui était pas personnellement destinée ? Ah, combien de fois son coeur solitaire et malheureux n'avait-il pas caressé de telles illusions !

L'éclat des projecteurs qu'on venait d'allumer aveuglait l'assistance. Vu Sinh baissa les paupières et n'ouvrit les yeux qu'après que le technicien les eut orientés vers la scène. Le rideau en velours cramoisi, éclairé de plein fouet, renvoyait vers les spectateurs une multitude de paillettes scintillantes. Bientôt les comédiens apparaîtraient dans cet espace embrasé. Vu Sinh se disait qu'il fallait un système d'autodéfense bien perfectionné pour supporter un tel éblouissement. Il eut un élan de sympathie pour les artistes. Il alluma une cigarette.

— On dit que les actrices de cette troupe sont particulièrement belles. Bien plus que celles de la direction générale des affaires politiques, lui chuchota à l'oreille le sous-directeur de l'école en le poussant du coude.

Vu Sinh acquiesça. A ce moment, la sonnerie annonçant le lever du rideau se fit entendre. Une présentatrice, vêtue de l'uniforme des artistes de l'armée, s'avança vers l'avant-scène. C'était une très jeune fille, sans doute inexpérimentée car elle s'adressait au public d'une manière beaucoup trop froide pour pouvoir conquérir les coeurs. Ils apprécièrent cependant son joli minois, sa vitalité juvénile et le mouvement gracieux de ses deux couettes qui lui donnaient l'air d'une grande poupée.

Le programme débuta par un chant choral intitulé «Les guérilleros du fleuve Thao», qu'un homme entonna d'une voix puissante et profonde. Puis chanteurs et chanteuses se succédèrent dans une série de solos. A la fin, on eut droit aux danses folkloriques des différentes ethnies montagnardes de Tây Ngyên, Tram Rông et Ca Tu.

Après les danses, une seconde présentatrice pénétra sur scène. Tout à fait différente de celle qu'on avait vue précédemment, elle était musclée, bien que mince. Ses cheveux épais, d'un noir brillant, tombaient sur ses épaules. Elle avait des yeux immenses et mélancoliques. Elle s'inclina devant le public et lui décocha un sourire éclatant avant de parler. Ce n'étaient que des mots ordinaires, de ceux qu'on avait l'habitude d'utiliser pour présenter ou résumer le thème d'une chanson, mais sa voix était si douce, si chaleureuse que le spectateur, captivé, avait le sentiment de pénétrer dans un univers chatoyant où subsistent cependant çà et là des pans de mélancolie. Jamais présentatrice ne fut applaudie avec autant d'enthousiasme. On eût dit que sa beauté, son charme discret, mais combien irrésistible, avaient ensorcelé le public. Les applaudissements duraient si longtemps que la jeune femme fut obligée de revenir saluer une seconde fois. A la fin elle disparut, cédant la place à un chanteur.

A l'instar de l'ensemble du public, Vu Sinh écoutait la chanson qui suivit avec une certaine agitation. Comme tout le monde, il était impatient qu'on en finisse et que réapparaisse la présentatrice de tout à l'heure, qu'il puisse à nouveau entendre sa voix musicale et ensorceleuse. Lorsqu'elle réapparut, elle n'était plus vêtue de l'uniforme militaire mais d'une gracieuse tunique orangée. De la foule montait une exclamation d'étonnement ravi. Puis un tonnerre d'applaudissements éclata, persista, formant comme une ronde sonore autour de l'estrade. La jeune femme s'inclina en signe de remerciement. Il y avait dans son attitude de l'humilité, une véritable reconnaissance mais aussi une tristesse voilée. Derrière le sourire qu'exprimaient ses yeux, Vu Sinh crut lire une pensée brutale et sans illusion, une pensée qui semblait dire : «Cette nuit passera, les applaudissements se tairont, acteurs et spectateurs se sépareront, vous resterez tandis que je m'en irai vers d'autres représentations, d'autres admirateurs. Avec le temps je vieillirai, une actrice plus jeune prendra ma place sur scène, couronnée d'une nouvelle aura. Où serai-je à ce moment-là ? Et vous qui êtes ici ce soir, vous souviendriez-vous seulement de mon nom ?»

Vu Sinh fut surpris par ses propres réflexions. Il est vrai que son père n'était pas seulement herboriste, il était aussi maître d'école. Quand il ne rendait pas visite aux malades, ou quand il n'était pas sollicité par la préparation de quelque remède, il aimait déclamer la poésie des grands poètes du temps passé comme Ly Bach, Cao ba Quat, Nguyên Công Tru... Et il en profitait pour lui expliquer le sens de chaque vers qu'il aimait et ce, dès l'âge de cinq ans. Aujourd'hui, il ne se souvenait plus que de quelques-uns, parmi les plus évocateurs comme :

«Regard levé, je rencontre le croissant de lune solitaire

Regard baissé, je retrouve ma nostalgie du pays...»

Selon lui, il tenait de son père un tempérament sentimental et tourmenté, comme une maladie héréditaire.

Tout à ses souvenirs, il écoutait sans comprendre ce qui se passait sur la scène. Il se demandait pourquoi on riait et qui on désignait du doigt dans la foule secouée de fou rire. Alors il reprit le cours des pensées qu'avaient suscité en lui les yeux immenses et la voix mystérieuse de la présentatrice.

Du temps passa. Elle annonçait maintenant une pièce de théâtre moderne. Les mots glissaient sur sa conscience comme le souffle du vent. Vu Sinh la fixait intensément et lorsqu'il la reconnut, ses pensées explosèrent dans un grand feu d'artifice.

Le rideau tomba d'un seul coup. Vu Sinh n'avait pas encore repris contact avec la réalité que le sous-directeur lui donna une grande tape dans le dos :

— Pas mal. Très bien même... Je vois que les artistes des Forces armées provinciales ne le cèdent en rien à ceux de la direction générale.

Vu Sinh émit un grommellement qui pouvait être une réponse.

Le sous-directeur lui offrit une cigarette :

— Grillons-en une en attendant qu'on dresse le décor de la pièce. Savez-vous qu'elle a obtenu la médaille d'or ?

— Ah oui ? J'avoue que je n'ai pas beaucoup suivi les journaux ces temps-ci.

Vu Sinh laissa son regard errer sur la salle. Les élèves officiers, visiblement enchantés, bavardaient, riaient ou se taquinaient. Ils attendaient le lever du rideau avec impatience.

Soudain un vent violent balaya le ciel. Sur la colline, pins et eucalyptus ployaient leurs branches en gémissant. Vu Sinh frissonna, éternua et s'aperçut du même coup qu'il n'avait pas de mouchoir. Il dit au sous-directeur de l'école :

— Je n'ai pas de mouchoir sur moi, je vais en chercher

un dans ma chambre.

Le sous-directeur s'exclama :

— Et comment ferez-vous pour retourner à votre place dans cette foule ? Vous avez vu le monde qu'il y a ? Empruntez-en à quelqu'un...

Vu Sinh regardait autour de lui en hésitant puis secoua la tête d'un air décidé :

— Si je n'arrive pas à réintégrer ma place, je resterai debout à l'arrière. Cela me gêne d'utiliser le mouchoir d'un autre.

Il confia sa place à l'élève officier assis par terre devant lui et se leva.

Après avoir pris un mouchoir, il se versa une tasse de thé puis, au lieu de retourner à sa place, il dirigea ses pas vers le portail où quelques soldats montaient la garde. Il pensait : «Ils doivent être terriblement déçus d'être de garde un jour comme celui-ci.»

Une voix joyeuse l'interpella avant qu'il pût atteindre la guérite :

— Qu'est ce que vous faites ici, chef ? Pourquoi n'êtes-vous pas au spectacle ?

— Je viens voir si vous vous acquittez correctement de votre tâche... Qui es-tu ? Est-ce Do ?

L'élève officier répondit d'une voix de stentor :

— Oui, c'est moi chef.

Et il se pencha à se tordre le cou :

— A la prochaine permission, j'irai au comité du district demander qu'on me change de nom, chef.

— Et pourquoi donc ?

— Je ne veux plus continuer à porter ce nom. Do c'est le rouge, la couleur de la chance n'est-ce pas ? Eh bien moi, j'appelle ça une malchance le fait de se retrouver de garde justement le soir où il y a du théâtre. Et quand je pense que ça ne se produit qu'une fois l'an !

Vu Sinh éclata de rire.

Do poursuivit :

— Je suis obligé de dresser l'oreille comme un aveugle qui écoute une chanson. Mais vous, chef, qu'est-ce que vous avez à être encore ici, retournez à votre place, la pièce va bientôt commencer. Elle a reçu la médaille d'or, vous savez...

Vu Sinh lui dit :

— Tu sais quoi ? Je vais te remplacer, comme ça tu pourras assister à la pièce.

Do n'en croyait pas ses oreilles :

— Qu'est-ce que vous dites là, chef ?

Vu Sinh répéta en riant :

— Tu as parfaitement compris. Je prendrai la relève. J'ai vu la première partie du programme, tu iras voir la seconde. Ce ne sera que justice, non ? Tu as écouté la chorale sans la voir, à mon tour d'entendre la pièce sans la regarder.

Quand il eut compris, Do sauta de joie :

— Ça alors ! Vous parlez sérieusement, dites ? C'est franchement génial. C'est vrai que j'ai de la chance. Enfin la malchance d'abord, la chance ensuite...

Il remit son fusil à Vu Sinh et fonça vers l'endroit où se déroulait le spectacle. Vu Sinh demeura seul dans l'obscurité. Il eut envie d'allumer une cigarette mais le règlement interdisant de fumer pendant les heures de garde, il s'en abstint. Il laissa errer ses regards sur le paysage, depuis les étoiles lointaines, à peine visibles, jusqu'à la cime des arbres qui se balançaient derrière le toit. La pièce de théâtre n'avait pas encore commencé. Du côté de la scène, la rumeur du public parvenait à ses oreilles. Là où il se tenait, il ne pouvait rien voir, hormis le rectangle de lumière qui éclairait un coin de ciel. Derrière cette zone lumineuse, sur la colline attenante au campement, des sapins projetaient leur ombre immobile dans la nuit. De temps en temps, une brise légère et fraîche faisait frémir le feuillage. Seul dans la guérite, Vu Sinh laissait vagabonder son esprit. Il se rappelait certains passages des poèmes que son père lui avait appris jadis, évoquait la vie conjugale sans joie qu'il avait menée pendant si longtemps, songeait enfin à l'émoi que cette étrange comédienne avait fait naître en lui. Telles des ombres, ses réflexions embrouillées apparaissaient, disparaissaient.

Une silhouette surgit dans son champ de vision.

— Qui est là ? Halte.

Vu Sinh cria d'une voix basse mais ferme.

— Je suis l'une des comédiennes de la troupe. Pourriez-vous m'accorder l'autorisation de me rendre sur la colline d'en face, camarade ?

La réponse était claire, nette, comme devait être celle d'un soldat. Vu Sinh serra plus fortement la crosse de son fusil : il venait de reconnaître la voix de celle qui présentait le programme tout à l'heure, celle qui avait éveillé sa curiosité et qui était la cause des pensées désordonnées qui occupaient son esprit.

Comme il ne disait rien, elle demanda :

— Puis-je y aller à présent ?

Vu Sinh revint à la réalité :

— Vous pouvez sortir, camarade. Mais soyez de retour avant la fin du spectacle.

— Message reçu, dit la fille.

Elle claqua des talons en un salut militaire puis gagna tranquillement le portail. Vu Sinh la suivait des yeux. Il eut tout à coup le sentiment que quelque chose serait perdu pour toujours s'il la laissait franchir ce portail. Son coeur fit une embardée, il avait les oreilles en feu. Il s'entendit dire d'un ton sec :

— Dites-donc, camarade...

La jeune femme s'immobilisa. Elle fit demi-tour et s'approcha de la guérite. Malgré la pâle lueur de la lampe électrique, il pouvait distinguer nettement les traits de son visage. Elle leva vers lui des yeux étonnés :

— Vous m'avez appelée, camarade ?

— Oui. Pourriez-vous me dire, camarade, pour quelle raison vous voulez aller sur la colline ?

La jeune fille répondit :

— Oh ! seulement pour prendre l'air. C'est plus calme là-haut et on y respire mieux.

Le capitaine Vu Sinh se rendit compte que le ton cassant qu'il venait d'employer était parfaitement injustifié.

Il lui dit gentiment :

— A mon avis, vous ne devriez pas y aller, camarade. Parce que... le chemin est infesté de serpents, surtout de nuit. La semaine dernière nous en avons tué trois.

La jeune comédienne se trouvait à présent tout contre la guérite. Elle pouvait voir de près son visage dont une moitié était cachée dans l'ombre : c'était le visage d'un homme qui a vécu, certainement celui d'un officier et non celui d'un simple soldat car il paraissait plus expérimenté. Elle lui trouvait un air sérieux, avec quelque chose de tourmenté dans l'expression. Pour vérifier ce jugement, elle porta son regard sur le revers de sa chemise où un galon avait été cousu.

— Mon capitaine, comment se fait-il que vous soyez de garde ? s'exclama-t-elle d'une voix étonnée.

— Je remplace un élève officier. Il est plus féru de théâtre que moi, dit Vu Sinh.

La comédienne rit de bon coeur.

— Alors, comme ça, vous n'aimez pas le théâtre ?

Vu Sinh rit lui aussi :

— Si. Mais je préfère le chant et la danse.

La conversation prit une tournure plus naturelle. La comédienne regarda Vu Sinh, poussa un soupir avant de dire à voix basse, sur un ton de confidence :

— Ça me ferait vraiment plaisir de monter sur la colline. Surtout qu'il y a la jeune lune ce soir. A force de vivre sous les projecteurs on devient aveugle et on finit par ne plus voir la lune.

Elle baissa les paupières. Vu Sinh crut déceler une ombre de lassitude sur son visage rond aux traits réguliers. Il repensait aux réflexions qu'il s'était faites en la voyant sourire sur scène. Il dit :

— En vous regardant sur scène tout à l'heure, je me suis dit que le métier d'artiste doit être bien fatigant lui aussi.

Sa voix était amicale, sincère. La jeune femme lui jeta un regard étonné. Elle dit en souriant d'un air malicieux :

— Oh vous savez, ce n'est jamais qu'un peu de chant, un peu de danse...

Vu Sinh regarda la courbe de sa lèvre supérieure. Il pensa : «Comme elle a un joli sourire...» Il demeura songeur un bon moment, puis, reprenant ses esprits, répondit :

— Ça c'est ce que pensent les gens qui ne connaissent

rien. Mais ce n'est pas mon cas.

— Vous avez peut-être une femme ou une soeur qui fait le même métier que nous ?

— Pas du tout.

Le ton, trop brusque, contraria la jeune femme. Il s'en aperçut et reprit avec douceur :

— C'est en regardant les artistes... Surtout en vous regardant sur scène, que je l'ai compris.

«Il n'a pas l'air de dire cela pour se rendre intéressant, ni pour me baratiner», se dit-elle à elle-même. Elle le regarda droit dans les yeux. Il avait de beaux yeux bruns, des paupières bien dessinées, un regard direct, hardi, derrière lequel se devinait une secrète mélancolie.

La pièce avait commencé sans qu'ils l'eussent remarqué. Maintenant ils écoutaient les répliques des acteurs. La comédienne soupira :

— C'est ça, notre métier. Avec des moments de joie et des moments de découragement. Parfois nous avons l'impression d'avoir des ailes. Nous nous sentons libres comme ces grands oiseaux qui franchissent les frontières et les océans. Nous sommes souverains, couronnés de gloire et...

Elle laissa sa phrase en suspens, leva la main et examina ses doigts. Elle avait des doigts fins, aux ongles vernis de rose. Voyant qu'elle devenait triste, Vu Sinh dit :

— Je ne connais rien à la poésie mais il me semble que si les poètes pouvaient s'inspirer des artistes comme vous, ils écriraient à coup sûr des poèmes magnifiques.

La comédienne regardait Vu Sinh avec attention,

mais les beaux yeux marron n'exprimaient rien de plus qu'une véritable sollicitude et le regret de ne savoir mieux la communiquer.

Elle soupira à nouveau et son regard se voila. Elle dit doucement :

— Ce n'est pas ce que vous croyez. Pas du tout...

Vu Sinh protesta avec fougue :

— Oh que si ! Je suis sûr de ce que je dis.

Il sourit. La comédienne secoua la tête comme pour signifier qu'elle abandonnait la discussion.

— Comment vous appelez-vous, grand frère ? On bavarde, on bavarde et on ne sait même pas nos noms.

— Je m'appelle Vu Sinh.

— Et moi Hanh Hoa.

C'était la première fois qu'elle l'appelait «grand frère».

Mais Vu Sinh n'avait pas le temps de s'y arrêter. Tout à sa joie, il lui demanda :

— Pourrais-je vous écrire, Hanh Hoa ?

La comédienne dit en riant :

— Pourquoi pas ? Nous avons l'habitude de recevoir des tas de lettres de spectateurs...

Elle remarqua que sa réponse mi-enjouée, mi-sarcastique l'avait assombri. Il y eut dans son regard un éclair de jalousie suivi d'une légère souffrance. « Mon Dieu ! Mais qu'est-ce qui lui prend ? se dit-elle. Je le connais à peine. Pas du tout même...»

Voyant qu'il ne disait plus rien, elle rectifia d'un ton contrit :

— Je plaisantais, grand frère. Il arrive qu'on nous écrive après un spectacle soit pour nous demander une représentation supplémentaire, soit pour apporter des suggestions sur un point ou un autre.

Sa voix tremblait un peu. Elle se demandait ce qui lui faisait perdre ainsi son sang-froid. Durant quatre ans, elle avait tout fait pour que rien ni personne ne puisse altérer sa sérénité. Une sérénité dont a besoin tout acteur avant de monter sur scène.

L'homme s'habitue à tout. Il suffit de lui en donner le temps. Avec du temps, il n'est pas de pieds, si rebelles soient-ils, qui ne finissent par s'accommoder de l'entrave des sabots ; il n'est pas de mains, y compris celles qui sont faites pour tenir les peignes d'ivoire ou les soies les plus fines, qui ne s'habituent finalement au maniement d'une pioche ou d'une charrue. Bien entendu, le temps d'adaptation peut être plus ou moins long selon les individus et rien ne dit qu'une fois le pli pris, ils vont y prendre goût aisément.

Luu vécut les trois premiers mois qui suivirent son divorce dans une sorte de stupeur. Elle avait le sentiment d'avoir tout perdu du jour au lendemain. Certes, elle reconnaissait que son mari était un homme comme il faut, que ce qu'il avait fait était pour leur bien à tous les deux, qu'il s'était comporté avec noblesse, mieux que n'importe quel autre dans les mêmes circonstances. Cependant, chaque fois qu'il venait voir les enfants et qu'elle voyait les petits voler vers lui tels deux moineaux déployant leurs ailes pour se jeter dans ses bras, elle ressentait comme une grande boule dans la gorge. Et tandis qu'elle regardait les troncs graciles des aréquiers se balancer au vent, tandis qu'elle respirait le léger parfum des fleurs d'artabotrys, la nostalgie, sournoisement, s'engouffrait dans son coeur. Si seulement ils s'étaient aimés d'amour, si seulement son mari n'avait pas refusé la vie qu'ils menaient ensemble, elle aurait sans doute fini par accepter son indifférence. Mais il ne sert à rien de penser aux «si» à présent.

Le travail, peu à peu, lui fit oublier ses regrets et ses tourments. Et puis, à force de fréquenter des couples dont la vie conjugale semblait harmonieuse, elle avait fini par raisonner autrement. «Pourquoi devrais-je supporter d'être délaissée ? On ne vit qu'une fois. Si je dois prendre un mari, que c'en soit un qui remplisse effectivement ses fonctions. Vivre avec un homme indifférent, c'est gâcher ses plus belles années...» Elle savait qu'elle pouvait encore être heureuse. Elle était jeune, bien portante et sa chair était restée aussi ferme qu'un épi de maïs à sa maturité. Sans être jolie, elle était loin d'être laide. Par ailleurs, compte tenu de la position sociale qu'elle occupait dans le district, du fait qu'elle était propriétaire de sa maison, qu'elle possédait en outre un potager où poussaient autant de fleurs que de légumes, elle pouvait espérer rencontrer à l'avenir un homme, sans doute simple, mais bon et capable de l'aimer. Son expérience conjugale malheureuse avait tout de même ceci de bon qu'elle lui avait laissé une vie matérielle confortable.

Durant les dix années où elle avait vécu sous le toit de ses beaux-parents, elle n'avait cessé de ressentir le décalage qui existait entre elle et eux. Bien que la traitant avec bonté, leur langage aussi bien que leurs manières rappelaient constamment à Luu qu'elle était trop paysanne, trop grossière, trop piètre cuisinière, bref qu'elle ne correspondait en rien aux espoirs qu'ils avaient nourris pour leur fils unique.

Mais Luu était femme malgré tout et bien qu'ignorante, avait assez de sensibilité pour penser que sa vie sexuelle ne devait pas s'arrêter là. Elle décida de prendre comme elles viennent les joies simples de la vie, participant aux réunions avec d'autres sections où l'on discutait art et littérature, aux fêtes organisées pour resserrer les liens entre l'Union des femmes et les divisions de l'armée stationnées dans le secteur, rendant visite aux blessés de guerre. Bientôt elle prit goût aux sorties en ville, à l'acquisition d'une robe neuve, d'une nouvelle écharpe... sans compter les réceptions chez les uns et les autres. Toutes ces activités concouraient à élargir le cercle de ses relations sociales et à faire d'elle un cadre politique féminin en vue.

Cinq mois ne s'étaient pas écoulés depuis son divorce, qu'un homme fit son apparition dans sa vie. Plus âgé qu'elle de cinq ans, il avait travaillé au service de recensement de son village avant d'être nommé dans celui du district. Il était originaire d'une bourgade voisine de la sienne, et était, de surcroît, l'ami d'un instituteur dont elle avait été vaguement amoureuse. Orphelin de mère, il habitait avec sa belle-mère et son père quand ce dernier mourut à son tour. Tout naturellement, il prit en charge ses nombreux demi-frères et soeurs, veillant à ce qu'ils ne manquent ni de nourriture, ni de vêtements, ni d'instruction.

Etant pauvre, il fut content qu'elle pût, grâce aux fruits de son travail, participer à l'édification de leur vie commune. Il lui disait cela simplement, avec sincérité. Il s'appelait Môc, ce qui voulait dire «rudimentaire». Et son caractère était rudimentaire, lui aussi. Luu s'en félicita.

Elle pensait qu'il était exactement le mari qu'il lui fallait. La première fois qu'il était venu chez elle, il avait passé tout son temps à tailler des lattes de bambou pour lui tresser un panier afin qu'elle puisse y ranger ses baguettes. C'était un joli panier ventru à l'ouverture étroite. La seconde fois, il avait bêché le jardin, repiqué les pieds de légumes et de fleurs qu'elle avait laissé pousser n'importe comment. La troisième fois, il lui avait fait remarquer qu'il y avait derrière la maison assez de place pour la construction d'une porcherie et que ce serait bien si elle élevait quelques cochons. Il parlait de toutes ces choses d'une voix tranquille, avec autorité, comme l'aurait fait un véritable chef de famille. Puis, se taisant, il avait attendu sa réponse. Et quand elle avait parlé à son tour, il l'avait écoutée tendrement, d'une oreille attentive et confiante. Luu avait senti alors une grande douceur descendre en elle.

En neuf ans de vie commune avec Vu Sinh, jamais ils n'avaient contemplé ensemble les fleurs jaunes du navet en formulant des projets d'avenir ; jamais elle n'avait éprouvé, ne serait-ce qu'un instant, le bien-être et la paix que Môc lui apportait en ce moment ; jamais, au cours de ces interminables années, elle avait eu la moindre importance aux yeux de son mari. Avec Môc, c'était tout le contraire. Elle se sentait la plus forte. Il suffisait qu'elle émît la moindre manifestation de mécontentement pour que Môc, affolé, se demandât ce qu'il avait bien pu faire pour la fâcher. Il suffisait qu'elle affichât l'ombre d'une indifférence pour que cet homme de trente ans se tourmentât toute la semaine... et ne demande qu'à faire la paix. C'est ainsi que cette femme de vingt-sept ans et deux fois mère découvrit pour la première fois ce qu'était l'amour, et le pouvoir de l'amour.

Le premier hiver qu'elle vécut seule dans sa nouvelle maison fut pour Luu l'occasion de connaître tout à la fois la solitude et les vertiges de la chair. La petite lampe à pétrole en forme de coeur qui éclairait la pièce d'une douce lumière dorée, le rideau de coton rouge à ramages cachant le lit double nouvellement acquis comme pour suggérer quelque longue veille à deux, la théière entourée de ses jolies tasses qui n'attendaient que la main d'un homme, jusqu'à la pipe à eau de bambou encore jamais utilisée et qui sentait la coupe fraîche, posée à côté de la table, tout semblait attendre les jours heureux à venir... Luu prenait des rondeurs et exhibait l'éclat d'une jeune accouchée. Aussi bien les gens du voisinage que ses collègues de l'Union des femmes, tout le monde s'accordait à lui dire :

— Ma chère Luu, tu es aussi éclatante qu'une aurore. Quand tu te marieras, n'oublie pas de nous prévenir, qu'on puisse préparer les cadeaux de noces...

Ravie, elle sourit à ce compliment. Plus que quiconque, son coeur soupirait après ce jour heureux. Mais sa timidité ne lui permettait pas de le suggérer à Môc. Et ce dernier n'était pas assez fin pour s'en apercevoir. Cependant, sans en parler à Luu, il avait déjà décidé que ce serait après le quinzième jour du premier mois, juste après les fêtes du Têt. A ce moment-là, la portée des cochons que sa belle-mère élevait pour lui atteindraient quarante kilos chacun. Des six bêtes, il en égorgerait une pour le festin, il en vendrait une pour acheter des cadeaux qu'il ferait porter chez les parents de Luu. Quant à l'argent que rapporterait la vente des quatre autres, il en consacrerait une partie à fêter sa nouvelle vie avec des collègues de bureau, une autre à acheter deux nouveaux porcs tandis que le reste servirait à acheter divers objets dont ils auraient besoin pour monter leur ménage.

Lorsqu'il fit part à Luu du plan qu'il avait conçu, elle lui dit qu'elle était d'accord. Il considéra la question comme réglée et n'en parla plus. Mais l'attente est insupportable à une femme éprise, particulièrement à celle qui n'a découvert l'amour que sur le tard. Pour en revenir à Luu, plus le temps durait et plus elle se sentait nerveuse. C'est que, durant les neuf années vécues auprès d'un mari indifférent à son corps, elle était impatiente de rattraper le temps perdu. Môc, au contraire, était homme de principes. Puceau à trente ans, il tenait à observer les préceptes moraux que lui avaient enseignés ses parents — et avant eux les parents de ses parents — depuis l'âge où il usait encore ses fonds de culotte sur les bancs de l'école. Aussi mettait-il un point d'honneur à éviter le lit de Luu dont le rideau de coton imprimé était si neuf qu'on pouvait sentir l'odeur d'amidon qui se dégageait de l'étoffe. Quand il venait la voir, s'il n'était pas occupé au jardin ou à la cuisine, il se tenait sagement assis devant la table, lui caressant tendrement la main ou lui donnant fougueusement un baiser — et c'était tout.

Vers le début du huitième mois du calendrier lunaire, ils décidèrent d'avancer la date du mariage. La lune d'automne éclairait la terre de ses rayons d'une pureté sans pareille. Assise à côté de Môc, Luu contemplait la lune en songeant avec palpitation au prochain jour qui allait les unir. Tout en bordure de la véranda, le bosquet de jasmin embaumait l'air. Des grappes d'enfants jouaient dans les rues en faisant des rondes.

Plus d'un mois plus tard, vers le milieu du neuvième mois lunaire, ils se retrouvèrent tous deux à la même place. La lune répandait sur terre la même lumière limpide mais le temps avait fraîchi et le bosquet de jasmin avait perdu beaucoup de ses fleurs. Sur le sombre feuillage, brillaient les taches argentées de quelques boutons tardifs. Luu en cueillit un à l'aveuglette qu'elle épingla dans ses cheveux en disant :

— Les jours n'en finissent pas. Ça ne fait qu'un mois, et j'ai l'impression d'attendre depuis des siècles.

Môc dit :

— Je trouve le temps long moi aussi. C'est encore loin, le Têt ?

Après un temps de silence, Luu dit d'une voix hésitante :

— Et si on faisait un emprunt et qu'on règle la chose sans attendre le Têt ?

Après avoir parlé, elle respira un bon coup, soulagée comme si elle était parvenue à sauter par-dessus une muraille qu'on avait dressée au travers de son chemin. Elle posa une main sur son sein et sentait son coeur faire de grands bonds dans sa poitrine. Le sang battait à ses tempes. Elle avait très chaud, des pieds à la tête.

Un peu haletant, Môc prit la main de Luu :

— Je suis aussi impatient que toi mais que vont dire les gens ? La plupart des gars de mon village se marient tôt, vers l'âge de vingt ou vingt et un ans. Moi, j'ai attendu d'avoir trente ans pour songer au mariage. Je ne voudrais pas qu'on puisse penser que je sois pressé au point de vouloir brûler les étapes.

Ils soupirèrent tous deux puis se turent. La lune éclairait maintenant la façade de la maison. Un rayon s'était glissé dans la pièce, s'attardant sur le rideau de tissu imprimé — derrière lequel se trouvait le lit à deux places de Luu — et qui ondulait par petites vagues sous la brise légère.

Le dixième mois du calendrier lunaire, Luu se trouvait en mission à trente-cinq kilomètres de son district lorsqu'on lui fit dire qu'elle devait rentrer sans tarder. Elle pensa que ce devait être Môc qui la rappelait ; ou encore les parents de Vu Sinh qui lui demandaient de revenir soigner un enfant malade. Etait-ce bon signe ? Etait-ce mauvais signe ? Elle ne savait que penser. Des hypothèses contradictoires agitaient son esprit. Finalement, elle confia le travail à une collègue, prit son vélo et rentra. Elle partit vers midi. Lorsqu'elle fut à son bureau, la pendule marquait deux heures et demie. La secrétaire tricotait tout en lisant le nouveau rapport du service des finances. Luu dit :

— Sais-tu qui m'a demandé de revenir ?

La jeune fille leva les yeux :

— C'est soeur Hong Tham. Qui d'autre veux-tu que ce soit ? Ça fait trois jours qu'elle est revenue de Hanôi. Elle a repris son travail ici mais comme c'est l'anniversaire de décès de son père aujourd'hui, elle a pris l'après-midi pour s'occuper de la cérémonie. Tu devrais aller chez elle, grande soeur. Je crois bien qu'elle te cherche.

Luu sortit en murmurant : «Bizarre, elle m'avait pourtant dit qu'elle ne serait de retour que vers le

Têt !»

Elle pédala vers la maison de Hong Tham. Cette dernière vivait chez sa mère. Ses beaux-parents habitaient assez loin, à cent cinquante kilomètres de là, si bien qu'il était rare qu'elle emmenât les enfants voir leurs grands-parents paternels. Son mari travaillait dans un bureau qui n'était séparé du sien que par une mince cloison de bambou. Elle était mère de deux enfants dont l'un avait huit ans et l'autre cinq. Sa propre mère, une femme encore solide malgré ses soixante ans passés, s'occupait des enfants et du ménage.

Leur maison était toujours pleine du va-et-vient d'amis, aussi bien ceux de Hông Tham que ceux de son mari ou des enfants. Dans la pièce, des vêtements, des affaires étaient jetés n'importe comment, dans un désordre indescriptible. Chaque fois qu'elle venait voir son amie, Luu passait une petite heure à tout ranger. Car, bien que propre, Hông Tham était une femme extrêmement désordonnée et distraite. Au bureau, il lui arrivait par exemple de chercher fébrilement un rapport qu'en réalité elle avait oublié sous la natte de son lit. A la maison, il n'était pas rare qu'elle se mît en colère contre mari et enfants, les accusant d'avoir égaré les clés alors qu'elle les avait tout simplement gardées dans sa poche. A part ces travers sans importance, c'était une femme très dévouée. Elle était aimée de tous les membres de l'Union, car elle se souciait du sort de chacune et ne perdait jamais une occasion de rendre service. Aussi la section qu'elle dirigeait était-elle particulièrement unie et efficace et était très remarquée par le comité du district.

Il y avait foule chez Hông Tham ce jour-là. Dans le

jardin, on avait installé une natte sous le goyavier et préparé pour les enfants un plateau à part. On leur servit les mêmes mets que ceux des adultes, à cette différence près qu'ils étaient douze autour d'un plateau de nourriture préparé pour six. Mais ils mangeaient en bavardant et en plaisantant comme de grandes personnes.

Lorsque Luu passa ils crièrent d'une seule voix :

— Bonjour tante Luu, bonjour tante Luu.

Luu sourit et tout à coup ses enfants lui manquèrent de manière douloureuse.

Vêtue d'un chemisier, les cheveux roulés en deux macarons sur les oreilles, Hông Tham était en train de donner des ordres dans la cuisine. Elle accourut en apercevant son amie :

— Entre, entre. Ça fait des heures que je te guette.

Luu retira sa main :

— Laisse-moi ranger le vélo d'abord.

— D'accord, d'accord. Mais viens vite, ne fais pas attendre les gens.

En effet il manquait deux personnes et les convives déjà installés autour du plateau attendaient Luu et Hông Tham. Il y avait là deux vieilles dames, parentes de Hông Tham du côté de sa mère, une femme d'une quarantaine d'années environ, vice-présidente du tribunal de district et sa fille qui avait seize ans. La vice-présidente portait un chemisier de la même coupe que celui de Luu, mais il était en popeline imprimé au lieu d'être en simple coton. Elle avait les cheveux retenus derrière la nuque par une barrette. Sa fille, qui lui ressemblait vaguement, était une adolescente pâlotte et maigrichonne. Après les présentations, le repas commença. Hông Tham versa dans les verres une liqueur rosée :

— C'est de l'alcool à l'orange. Il n'est pas très fort. Veuillez lever vos verres.

La vice-présidente porta un toast à la santé de tout le monde. Elle était digne et sûre d'elle-même, très en harmonie avec son personnage social. Luu l'admirait secrètement. Ses manières, depuis le regard jusqu'à la voix, dégageaient une autorité qu'elle n'avait jamais vue chez une autre femme. Hông Tham se renseignant sur les procès relatifs à la «défense des droits de la femme», la vice-présidente lui expliqua les choses par le menu, parlant des procès qui avaient eu lieu, des questions en litige, de certains droits que seule une longue lutte pourrait imposer, de la nécessité d'une collaboration entre gens de loi et gens de terrain comme les membres de l'Union des femmes par exemple. En l'écoutant, Tham et Luu avaient le sentiment d'avoir trouvé un nouvel appui. Le repas fut très agréable. Seule la jeune fille gardait un air renfrogné parce que sa mère l'empêchait de boire.

— Pas d'alcool avant dix-huit ans ! lui dit la vice-présidente d'une voix calme et définitive, comme l'aurait fait un homme.

On aurait dit qu'elle était son père et non sa mère. Luu plaignait la fille tout en admirant la mère. Elle choisit une cuisse de poulet et la posa dans le bol de la jeune fille :

— Mange ça avec du riz gluant, petite nièce. Et obéis à ta mère. De mon temps, c'est du fouet qu'on recevait...

L'adolescente se dérida. Comme ça, elle ressemblait davantage à une jeune fille. Elle avait les pommettes colorées d'un rose léger, un visage carré et un peu osseux.

A la fin du repas, lorsqu'elles ne furent plus que trois autour du plateau, la présidente de l'Union des femmes s'adressa à la vice-présidente du tribunal de district :

— Chère sœur, la tâche qui nous incombe est lourde et très compliquée. Nous n'aurions pas pu l'accomplir sans votre aide.

— C'est mon devoir de travailler la main dans la main avec votre organisation.

Hông Tham poursuivit :

— Dans notre district, il y a trente demandes de divorce en cours. Pour la plupart, ce sont des cas où le mari maltraite sa femme parce qu'il a trouvé une maîtresse.

Elle se tourna brusquement vers Luu :

— Prenons le cas de mon amie ici présente. Bien que cadre politique du district, elle a été assez naïve pour signer une demande de divorce.

Luu rougit et posa sur son amie un regard stupéfait. Saisie alors d'une sainte colère, Hông Tham la sermonna en haussant le ton :

— Vraiment, je n'aurais jamais cru que tu serais si bête ! Il a suffi que je m'absente quelques mois pour que tu fasses n'importe quoi ! Comment peux-tu signer une demande de divorce en deux mois, sans te méfier ? Eh bien, sache que ce Vu Sinh avait une maîtresse. Oui. Une actrice de vingt-cinq ans, jolie, mère d'une petite fille. Son mari l'a quittée voilà quatre ans.

Luu regarda les deux femmes d'un air ahuri. Son visage vira du rouge au blanc. Après un long silence, la vice-présidente du tribunal dit en pesant ses mots :

— Calmez-vous et menez votre enquête minutieuse-
ment. Si c'est le cas, vous pourrez faire appel auprès du
tribunal. Nous ne demandons pas mieux que de
défendre les droits des femmes.

Elle consulta sa montre puis se leva. Tham l'invita au
salon où elle lui servit du thé et des gâteaux à la pâte de
soja qu'elle avait rapportés de Hanôi. Les autres
convives ayant eux aussi fini de manger, on passa dans
le jardin pour prendre le frais. Luu se retrouvait seule
devant le plateau vide et la vaisselle sale.

Comme un fragile cerf-volant malmené par les vents d'orage, la vie paisible de Luu fut soudain confrontée à la tempête. La tête vide, elle ne comprenait plus un mot de ce qu'on disait autour d'elle. Des points noirs dansaient devant ses yeux.

Lorsque le dernier des invités fut parti, Hông Tham chargea quelques parents venus de la campagne de tout débarrasser puis entraîna Luu dans sa chambre :

— Entre. Et raconte-moi maintenant ce qui s'est passé. Que de choses, et pas des moindres, se sont produites pendant ma courte absence...

Luu obéit, telle une mécanique. Elle raconta comment Vu Sinh avait évoqué le divorce et comment elle l'avait accepté après avoir longuement réfléchi, comment le jugement avait été rapidement rendu grâce à l'intervention de son cousin qui était juge, enfin comment Vu Sinh lui avait fait construire une maison, pas très éloignée du lieu de son travail, et dans laquelle elle habitait depuis huit mois.

Mais elle cacha la chose la plus importante : son histoire d'amour avec Môc. C'est que, au fond d'elle-même, elle était persuadée qu'aimer un autre homme, envisager de l'épouser moins de six mois après avoir quitté son mari, était contraire à la vertu et aux traditions, bien qu'elle n'en éprouvât aucune honte et que tout le district fût au courant de ses liens. Après avoir écouté Luu, Hông Tham dit :

— J'ai appris l'histoire de ton mari de manière tout à fait fortuite. Vois comme ce Vu Sinh est un type malin. Au lieu de courtiser une fille près de son école, il a choisi une comédienne qui travaille à vingt kilomètres de Hanôi. Le frère de la présidente de l'Union des femmes de Vu Ban — qui travaillait dans le même bureau qu'elle — est venu me voir un jour. On bavardait de choses et d'autres quand, je ne me souviens plus pourquoi, il a parlé de Vu Sinh.

Luu repensait aux six derniers mois qui avaient précédé son divorce. C'était l'époque où son mari faisait tout pour ne pas avoir à la toucher, ne serait-ce que du doigt. Il évitait de la regarder et tenait continuellement les yeux fixés sur un point situé quelque part dans le lointain. Ainsi, il avait déjà trouvé une autre femme à qui prodiguer son amour et ses caresses ! Et bien que les neuf années vécues auprès de Vu Sinh ne lui eussent apporté aucun bonheur, bien qu'elle eût connu auprès de Môc le plaisir du baiser et le frisson de la chair lorsque la main de son amoureux se posait sur sa peau, la jalousie bouillonnait en elle à l'idée que son mari pût aimer une autre femme. Elle avait l'impression qu'on l'avait amputée d'un doigt ou qu'on lui avait volé un objet qui lui revenait de droit, comme par exemple une armoire en teck, ou un plateau en cuivre qui avait depuis toujours appartenu à sa famille. Elle imaginait Vu Sinh auprès de cette femme qu'elle ne connaissait pas mais qu'elle supposait plus jolie, plus jeune et mieux mise qu'elle. Elle se disait qu'il devait la caresser et l'embrasser tout comme Môc faisait avec elle en ce moment. Et dire que pendant qu'il accordait à l'autre toutes ses faveurs, elle devait s'occuper des enfants et se contenter d'attendre dans l'angoisse et l'amertume qu'il veuille bien faire attention à elle ! Dans son coeur, la haine qu'elle éprouvait à cet instant pour son mari prit toute la place et éclipsa l'amour qu'elle portait à Môc. Et cette haine était si violente qu'elle se sentait capable de le tuer sur-le-champ si elle l'avait eu sous la main.

— A quoi penses-tu ? Alors, qu'est-ce que tu comptes faire à présent ?

La question de Hông Tham interrompit le cours des idées folles qui assaillaient Luu. La présidente sentit son coeur se serrer devant la souffrance de son amie. Elle murmura d'un ton ardent :

— Quelle naïveté, mon dieu, quelle naïveté !

Luu ne disait rien. La haine et le désir de vengeance la rongeaient. Maintenant qu'elle avait découvert l'amour, les neuf années de vie commune qu'elle avait menée aux côtés Vu Sinh lui semblèrent un long calvaire. Sa fureur l'empêchait de reconnaître que, durant toute cette période, Vu Sinh ne l'avait jamais trompée et qu'il souffrait autant qu'elle. Sans doute même davantage parce qu'il était plus sensible et plus conscient. Mais, dans sa simplicité, Luu ne réfléchissait pas si loin, de sorte qu'elle croyait sincèrement que son mari lui avait été infidèle et qu'il était par conséquent seul responsable de leur malheur. Voyant que Luu ne disait toujours rien, Hông Tham demanda :

— Alors, qu'est-ce que tu décides ? Ne voudrais-tu pas faire casser le jugement de divorce ?

— Si.

Tham saisit la main de Luu dans un élan de joie :

— Alors rédige ta demande tout de suite. Je la trans-
mettrai moi-même au tribunal du district et je demanderai aux camarades d'intervenir. Il nous faut aller au
fond du problème, en faire un exemple qui servira à
d'autres femmes.

Devant l'air absent de Luu, Hông Tham s'adoucit :

— Tout sera fait comme il le faudra, ne t'en fais pas,
ma petite Luu.

Puis elle prit Luu par la main et la conduisit au salon
où elle lui servit du thé et des gâteaux dont elle ôta
elle-même le papier d'emballage. Le mari de Hông
Tham comprit, à l'expression hébétée de Luu et à la
sollicitude inhabituelle de sa femme, qu'il y avait un
problème. Il se leva :

— J'ai tellement mangé qu'il me faut faire maintenant un petit somme.

Et le chef des armées du district cria en direction du
jardin à ses enfants qu'ils devraient accrocher le hamac
pour la sieste.

Hông Tham raccompagna son amie à la porte. Avant
qu'elles ne se séparent, elle serra encore une fois la
main de Luu comme si elle voulait lui communiquer sa
propre force et sa propre résolution :

— Prends bien soin de toi et ne te fais pas trop de
souci. Nous ferons tout pour défendre ton bonheur.

Luu fit oui de la tête, monta sur son vélo et rentra.
Une fois chez elle, elle rangea le vélo, ouvrit la porte,
posa son sac sur la table et se mit au lit. Elle contempla
la pièce : les oreillers brodés de colombes, le grand lit à
deux places, le rideau rouge aux motifs fleuris, le service

à thé et la pipe à eau de bambou posé à proximité...
Tout suggérait le bonheur. Un bonheur qu'elle avait
tenu entre les mains, comme un fruit mûr dont elle
venait tout juste de connaître le goût. Et ce bonheur
c'était Môc. Casser le jugement de divorce signifiait
retourner vivre avec Vu Sinh. Que penserait Môc ? Il
s'éloignerait d'elle à coup sûr. C'était un homme droit,
respectueux des usages et qui n'aurait jamais accepté
une situation non conforme aux règles morales. Même
malheureux, il la quitterait. Luu évoquait les doux
moments quand ils contemplaient ensemble les fleurs
jaune pâle du navet en bavardant, les nuits de pleine
lune quand tous deux étaient assis sous la véranda, le
sentiment d'être si proche de lui quand sa main
rugueuse se posait sur sa nuque avant de descendre
d'un mouvement lent le long du dos pour s'attarder un
instant sur la hanche. Un très bref instant, une pression
fugace, car la timidité ramenait aussitôt cette main sur
sa nuque. Elle en était frustrée et satisfaite à la fois.
Elle se rappelait aussi ce jour où, l'ayant vue battre le
linge de ses pieds, son pantalon roulé jusqu'en haut des
cuisses, il avait eu une expression d'immense étonnement et s'était exclamé :

— Ciel, que tes cuisses sont blanches ! Aussi
blanches que celles de Hanôi.

Le compliment lui avait fait tellement plaisir qu'elle
avait eu chaud partout.

Maintenant tout lui revenait en mémoire. Tout ce qui
était le bonheur véritable et qu'elle avait eu à portée de
la main. Encore la fête du Têt à attendre et ils seraient
mariés... Quel besoin avait-elle de faire appel auprès du
tribunal ?

Elle resta couchée jusqu'au soir en espérant secrètement que Môc viendrait. Ce ne fut que vers minuit, lorsque la mèche de la petite lampe privée d'huile n'était plus qu'un point rougeoyant, qu'elle se souvint qu'on l'avait envoyé dans un village situé à l'autre extrémité du district afin de vérifier les comptes d'une coopérative et qu'il ne serait de retour que dans une semaine ou une dizaine de jours. Négligeant alors sa toilette, Luu éteignit la lampe, tira le loquet de la porte et s'enfouit sous les couvertures.

Mais elle n'arriva pas à trouver le sommeil. Depuis l'instant où elle avait soufflé sur la mèche de la lampe jusqu'à celui où lui parvenaient les voix des enfants se rendant à l'école, elle ne ferma pas l'oeil. Elle écouta les chants du coq qui ponctuaient chaque veille, de la première à la dernière. Le lendemain, ses collègues de bureau s'étonnèrent de lui trouver les yeux cernés. La secrétaire, une jeune fille insouciante, la taquina en riant :

— Il suffit de trois jours d'absence et frère Môc vous manque au point que vous ne dormez plus ? Oh là là... Vous les femmes mûres, quand vous tombez amoureuses c'est encore pire que les jeunes filles !

Luu sourit d'un air gêné puis tourna les talons.

En arrivant, Hông Tham lui demanda avec empressement :

— Alors, as-tu fait ta demande au tribunal ? Fais voir.

— Pas encore. J'avais un mal de tête affreux en sortant de chez toi hier.

Tham fronça un sourcil irrité :

— Comment se fait-il que tu sois si pusillanime ? Aurais-tu peur de ce type ? Dans ce cas, tu ne vaudrais pas mieux que les femmes rétrogrades d'autrefois. Comment voudrais-tu t'occuper de l'éducation des autres si toi, cadre politique de l'Union des femmes, tu te comportes de cette manière ?

Comme Tham avait haussé le ton, quelques employées les considérèrent d'un oeil curieux. Luu rougit, gênée :

— Ecoute, rentre chez toi. Je t'apporterai ce qu'il faut ce soir.

Elle enfourcha son vélo et pédala droit devant elle en suivant la rue principale. Au bout de dix minutes, l'ayant traversée de bout en bout, elle dut faire demi-tour. Le centre-ville du district était minuscule : il comptait le siège de la maison du peuple, quelques magasins d'alimentation, un bazar, un magasin d'outils agricoles... Et il n'y avait aucun de ces endroits où elle pouvait passer inaperçue. Finalement, Luu rentra chez elle, ferma la porte et se jeta sur son lit. Elle demeura un long moment à réfléchir puis, rassemblant son courage, elle prit la plume et rédigea sa demande au tribunal.

«Tu dois défendre ton bonheur. Comment voudrais-tu t'occuper de l'éducation des autres si toi, cadre politique de l'Union des femmes, tu te comportes de cette manière ?»

Tandis qu'elle écrivait, les exhortations de Hông Tham résonnaient à ses oreilles. Elle pensait également à ses enfants qu'elle n'avait pas revus depuis un mois. Si elle parvenait à arracher Vu Sinh des griffes de cette femme, ils retrouveraient une famille au lieu d'être ballottés comme c'était le cas depuis leur divorce. L'amour maternel prit le pas sur l'amour tout court. Sa conviction

81

augmentait au fur et à mesure qu'elle écrivait et les termes qu'elle employait devenaient eux aussi de plus en plus énergiques. Quand elle eut fini, elle glissa la demande dans l'enveloppe sans prendre la peine de la relire et la porta chez Hông Tham. Cette dernière, qui l'avait attendue depuis le début de l'après-midi, la serra avec émotion dans ses bras :

— Je savais que tu le ferais, j'ai toujours eu confiance en toi. Si nous ne sommes pas capables de défendre notre propre bonheur, comment pourrions-nous apporter notre aide à d'autres femmes ? Je te promets que nous allons gagner et que ton cas sera un exemple à suivre pour toutes les autres.

Tham serra vigoureusement la main de Luu :

— Je porterai moi-même la demande au tribunal de province. Je partirai demain matin à la première heure. Pendant ce temps, veille à ce que tout le monde ici fasse bien son travail. Après tout, ton frère est vice-président du tribunal... Et d'ailleurs, nous nous sommes déjà mis d'accord ce matin.

Une fois rentrée chez elle, Luu s'abandonna à la tristesse et à la mélancolie. Elle ne savait plus que penser ni que faire. Mais les dés étaient jetés, elle ne pouvait plus rien y changer.

Quelques jours plus tard, lorsque Môc revint de sa mission, Luu lui annonça qu'elle avait fait une demande de pourvoi en cassation et qu'en attendant le jugement, elle retournerait vivre chez Vu Sinh selon les conseils de quelques amies. Môc ne disait rien. Il demeura prostré un long moment puis prit son chapeau :

— Eh bien... porte-toi bien, Luu. Il faut que je m'en aille maintenant.

Avant de partir, il sortit de sa poche deux pamplemousses qu'il lui avait ramenés du village où il avait été
en mission. Luu ne disait rien. Elle le regarda sortir, traverser les carrés de fleurs dont il s'était si souvent
occupé. Elle aurait souhaité qu'il lui dise : «Ne fais pas
cela. Retire ta demande...» Elle aurait souhaité qu'il se
mette en colère, qu'il la gronde pour sa bêtise. Si seulement il était resté avec elle cette nuit. Cette nuit et
toutes les autres nuits, jusqu'à la fin de leur vie. Hélas !
elle ne se sentait pas le courage de lui dévoiler ses
espérances.

Quant à Môc, il était à cent lieues de deviner ce qui
se passait en Luu. Avec quelle facilité elle lui avait
annoncé cette chose terrible : retourner vivre chez son
mari ! Avec quelle légèreté elle l'avait laissé tomber !
Comme elle avait raison ! Quels motifs aurait-elle
d'aimer un homme pauvre comme lui, si pauvre qu'il
ne possédait même pas son propre toit ? Son amour
pour lui n'était qu'une passade, elle avait vite regretté
la grande maison confortable et les richesses de Vu
Sinh.

Luu continuait à suivre du regard la silhouette de
Môc. Elle le vit déverrouiller lentement la chaîne de
son vélo, refermer les deux battants du portail avant de
s'engager dans la rue. Lorsque le crissement des pneus
se fut éteint dans le lointain, Luu alla fermer le portail à
clé puis retourna dans la maison. Elle contempla les
deux pamplemousses et brusquement ses larmes jaillirent :

— Qu'est-ce que j'ai fait ? mais qu'est-ce que j'ai
fait ?

Elle sanglota longuement comme une enfant qui
aurait subi quelque injustice. Quand elle eut pleuré

tout son content, Luu s'endormit. Le lendemain matin, elle se rendit au bureau, remplit les tâches que Hông Tham lui avait confiées puis prépara ses affaires et retourna chez Vu Sinh. Ses enfants furent heureux de la revoir mais aussi bien ses beaux-parents que les voisins, tout le monde la regardait d'un air intrigué, se demandant pourquoi une femme divorcée et qui était sur le point de se remarier avait brusquement changé d'avis.

Elle leur dit :

— Mon mari avait une maîtresse, une comédienne à Hanôi. Il m'a raconté des histoires pour mieux se débarrasser de moi. Mais je ne me laisserai pas faire, je défendrai mon bonheur. Pourquoi devrais-je accepter que mes enfants soient privés d'un père ?

Les gens l'écoutèrent sans faire de commentaires car, n'étant au courant de rien, ils n'avaient aucune opinion à émettre. Le beau-père regardait sa bru en silence. Simplement, il dit à sa femme :

— Je ne connais ni les tenants ni les aboutissants de cette affaire. Mais puisqu'elle est la mère de nos petits-enfants, je te demande de la traiter selon son rang.

— Comme toujours, tu peux compter sur moi, répondit gentiment la vieille dame.

Et le vieux couple faisait tout ce qu'il pouvait pour éviter de faire allusion à ce qui se passait entre Vu Sinh et Luu. Ils reprirent la vie qu'ils avaient menée avant son retour, le grand-père surveillant les études des enfants et la grand-mère s'occupant de la cuisine, du ménage et du jardin.

Tous les matins, Luu se rendait à vélo à son bureau. A midi elle rentrait se préparer à manger dans la petite maison où elle avait laissé quelques casseroles, des baguettes et des bols. Après le déjeuner, elle s'accordait une sieste sur le lit à deux places qui était demeuré tel quel, s'enroulant dans la couette qu'elle avait achetée en vue de son mariage avec Môc. Elle avait seulement supprimé le rideau à ramages car il lui paraissait trop beau, trop gai et lui semblait plutôt fait pour une jeune épousée que pour une femme avec deux enfants que son mari avait trahie.

Elle rentrait chez Vu Sinh le soir, à la sortie du bureau, aidait ses enfants à faire leur toilette et se chargeait de leur lessive afin de soulager un peu sa belle-mère. Ils dînaient tous ensemble ensuite. Les enfants adoraient le dessin et surtout les histoires. Ils étaient constamment fourrés dans les jambes de leur grand-père qui les aidait à faire leurs devoirs, leur racontait de vieilles légendes ou déclamait des poèmes qu'ils ne pouvaient encore comprendre mais dont la musique imprégnait leur jeune âme. Luu était heureuse de pouvoir vivre auprès de ses enfants. Mais même ce bonheur ne parvenait pas à combler sa solitude. Elle était parfaitement consciente que tout en elle — ses manières, ses propos — détonnait dans la famille de Vu Sinh. Cela l'avait déjà gênée jadis. Mais depuis son retour, ce décalage lui paraissait encore plus frappant et ne faisait qu'augmenter sa peine.

Même ses enfants étaient pressés de la quitter pour se jeter dans les bras de leur grand-père. Ils s'accrochaient à lui, l'un lui caressant la barbe, l'autre lui prenant le cou en réclamant des histoires. Elle finissait par être jalouse du vieil homme, mais que pouvait-elle faire ? Pour passer le temps, elle essayait de recopier une leçon politique en cours ou de lire un livre qu'on venait de lui prêter mais son esprit était ailleurs. Devant ses yeux surgissait l'image indistincte de la petite maison au centre du district, du rideau imprimé, du clair de lune, un soir... Elle était assise auprès de Môc dont la main lui parcourait le dos tandis qu'ils soupiraient tous deux après ce jour point si lointain, après les fêtes du Têt...

Ainsi passait le temps. Novembre tirait à sa fin, le vent d'hiver se faisait de plus en plus mordant. Le ciel était sombre comme s'il couvait un orage. D'épais nuages s'étiraient avec lenteur, s'effilochaient, se regroupaient pour former des chaînes spongieuses qui allaient se poser là-bas, sur les montagnes d'un gris plus clair qui barraient l'horizon.

Hanh Hoa était de constitution si délicate, elle avait l'air si juvénile que bien souvent on la prenait pour une jeune fille. Mais elle ne l'était plus. Elle avait vingt-cinq ans et était mère d'une petite fille de quatre ans. Elle s'était mariée, à l'âge de dix-neuf ans, avec un garçon qui jouait divinement du violon et qui écrivait des poèmes. A dix-sept ans, les poésies qu'il composait à son intention venaient se poser sur son cœur comme des papillons au printemps. Et la petite Hanh Hoa croyait à l'amour.

On ne connaît pas la vie à dix-sept ans. Durant deux ans, le jeune violoniste avait fait miroiter devant l'adolescente émerveillée un amour où il n'était question que de poésie, de musique, d'étoiles scintillantes et de serments éternels... Comment deviner, à dix-sept ans, ce qu'il y avait derrière des belles chansons et des beaux poèmes ?

Il conquit cette fleur rare et convoitée au bout de deux années d'une cour assidue. Aussitôt, il pressa ses parents d'organiser les fiançailles, puis le mariage.

Sa famille habitait, dans la banlieue de Hanôi, une maison au bout d'une ruelle étroite et animée dont les habitants, petits commerçants pour la plupart, vendaient au marché des fruits, des légumes ou quelques pâtés... A l'arrivée de la mariée, tous ces braves gens se déversèrent dans la ruelle en ouvrant des yeux ronds comme s'ils voyaient descendre sur terre un ange du ciel. Très fier de lui, le marié montrait sa femme à qui le voulait afin que tous puissent admirer sa beauté.

Mais six mois plus tard, quand il fut certain qu'elle lui appartenait, qu'il pouvait régner sans partage sur sa vie, son intérêt pour elle s'affaiblit et il cessa de lui prodiguer l'amour et la tendresse des débuts. Hanh Hoa connut ses premières larmes. Et chaque fois qu'elle venait voir ses beaux-parents, le bruit, la promiscuité des lieux, les discussions à propos de ventes ou de bénéfices auxquels elle n'entendait goutte, ne faisaient qu'augmenter sa peine. Elle avait deux belles-soeurs, des laiderons, mais qui avaient le génie du commerce. Elles savaient où acheter à bas prix, où revendre au prix le plus élevé et par conséquent gagnaient de l'argent en un rien de temps. La ceinture qui entourait leur taille était continuellement gonflée de billets de banque. Souvent elles se moquaient de l'air ahuri de Hanh Hoa qui n'y connaissait rien. Et si, d'aventure, il leur arrivait de lui confier quelque travail, Hanh Hoa l'accomplissait de manière maladroite ou expéditive. Elle se trompait souvent dans les comptes et perdait parfois vingt dông sur une liasse de cent. Alors ses belles-soeurs criaient au scandale d'une voix aigre ; la belle-mère accourait, la regardait d'un air renfrogné sans rien dire, ce qui l'effrayait encore plus que des reproches.

Le jeune mari, honteux devant sa famille d'avoir pris une femme aussi bête, se mit en colère puis, sans mot dire, la prit sur son porte-bagages et la ramena à la maison. De ce jour data la première fissure du couple. Mais comme ils étaient jeunes, et qu'ils s'aimaient encore, les choses s'étaient arrangées d'elles-mêmes. Cependant, cette trêve ne dura pas longtemps. L'année suivante, un nouvel affrontement, plus violent cette fois, les opposa de manière définitive. Lorsque Hanh Hoa tomba enceinte, son mari lui suggéra un avortement car il ne se sentait pas de taille à assumer le rôle de père. Il avait encore l'intention de profiter de sa jeunesse, de la musique, des soirées passées à danser ou à boire. Son salaire était bien trop insuffisant pour l'entretien d'un enfant et de surcroît il n'était pas d'humeur à supporter les pleurs d'un nourrisson, ni une chambre où traîneraient des couches sales. Il tenait à ses cheveux longs ondulés artificiellement, à ses cols amidonnés, à ses ongles taillés pour pincer les cordes du violon au grand bonheur de son public féminin... Bref, il n'avait aucune envie d'être père à vingt-quatre ans. Hanh Hoa ne voulait plus l'entendre. Puisque ce germe de vie était en elle, elle emploierait tout l'amour maternel dont elle était capable pour couver cet enfant qui allait naître. Et elle attendait avec impatience le jour où, tremblante, elle le serrerait dans ses bras.

Son mari lui dit :

— Je te conseille de t'initier au commerce si tu veux

gagner de quoi nourrir ton enfant. Mais que savent faire les gens de ton espèce ?

Il sifflait entre les dents, envoyant une pluie de postillons à sa femme :

— Tu ne sais même pas compter ! Sur cent dông il t'arrive d'en perdre vingt, comment veux-tu t'en sortir ? L'argent appelle l'argent. Mais toi, tu manges tout ce que tu possèdes.

Hanh Hoa contemplait son mari d'un air ahuri. Où était donc le poète qui lui parlait de la lune et des étoiles ? Maintenant il lui infligeait des leçons comme à une poissarde. Elle était plus mortifiée que s'il l'avait giflée. Elle n'arrivait même plus à pleurer.

— Tais-toi, j'ai compris, dit-elle d'une voix étranglée.

Elle ne reconnaissait plus sa voix. Après cet incident, leur rupture devint irrémédiable. Son ventre grossit, sa peau se ternit, sa beauté se fana. Ses grands yeux noirs et rieurs se transformèrent en deux cavités profondes tournées au-dedans d'elle-même. Elle faisait pitié, mais personne n'osait lui témoigner de la sympathie car son coeur s'était durci. Orpheline depuis l'âge de sept ans, toute marque de pitié lui rappelait sa solitude et la blessait.

Pendant ce temps, son mari courait d'autres jupons, surtout les filles de sa condition dont la ceinture gonflée de billets de banque était fermée par une épingle à nourrice ou un cordonnet. Il revenait de plus en plus souvent dans son ancien quartier, là où il était né et où il avait grandi.

Deux mois avant son accouchement, Hanh Hoa demanda le divorce. Le jugement fut prononcé aux torts de son mari qui fut exclu des Jeunesses communistes pour mauvaise conduite et indiscipline. Sur l'acte de naissance de l'enfant on avait inscrit le mot «décédé» à la place du père. Hanh Hoa donna son nom à sa fille qu'elle appela : Lê Hang Hoa. Dans la section des Jeunesses communistes où elle travaillait, les camarades qui les avaient prises en affection prirent l'habitude de les appeler de leurs doubles prénoms : Hanh Hang.

Cette histoire, Hanh Hoa ne l'avait jamais racontée à Vu Sinh. Il l'apprit par soeur Cuc, une grande femme bien en chair responsable du service d'intendance des Jeunesses communistes. Cuc était mère de quatre enfants et traitait la petite Hang Hoa, qui venait souvent chez elle, comme si c'était sa propre fille. Après avoir parlé, elle demanda :

— Que pensez-vous de tout ça, grand frère ?

Vu Sinh la regarda sans comprendre. Que voulait-elle dire ?

Soeur Cuc précisa :

— Je veux dire que, contrairement à d'autres, Hanh Hoa a eu une vie conjugale assez compliquée. Une seconde expérience, c'est quelque chose de très important dans la vie d'une femme. Si les choses tournaient mal à nouveau, alors ce serait la mort.

Vu Sinh commençait à saisir.

— J'ai été marié moi aussi, dit-il. Naturellement ma situation est différente de la sienne mais vous pouvez avoir confiance en moi, grande soeur. Je ne suis pas le genre d'homme qui agit à la légère et qui ne songe qu'aux plaisirs passagers.

— J'en suis ravie, dit soeur Cuc. Nous l'aimons tous dans l'organisation, bien que personne n'ose le lui dire. Elle se blesse facilement.

Vu Sinh éprouvait du plaisir à jouer avec la petite Hang. C'était une enfant timide, mais dès qu'elle s'était sentie en confiance, elle ne se gêna plus pour monter sur ses genoux ou se faire porter sur les épaules. Parfois ils passaient de la sorte toute une matinée ensemble. Hanh Hoa les regardait de son bureau et le bonheur qu'elle éprouvait à les voir éclairait son visage et rendait son rire plus clair. Et ce bonheur était partagé par Vu Sinh.

Leurs rendez-vous étaient toujours brefs. Elle attendait, un peu essoufflée, le front en sueur. Il arrivait en courant, la respiration coupée pendant que le soldat qui le pilotait surveillait la moto devant la rue. Ils échangeaient quelques mots, se regardaient dans les yeux quand personne ne les voyait, le tout ne durant pas plus d'une quinzaine de minutes. Mais ces quelques instants suffisaient à les rendre heureux. Il essayait de faire passer dans le regard qu'il lui adressait tout l'amour qu'il ressentait, tout l'espoir qu'il mettait en elle : «Je t'aime, tu es à moi et tu me manques...», semblaient dire ses yeux. Elle captait ce message tandis que, silencieusement, son coeur lui murmurait les mêmes serments. Alors il lut dans le sien qu'elle ne l'avait pas oublié. Il mesurait la chance qu'il avait, lui, un soldat parmi d'autres, un inconnu, d'être aimé par elle, une actrice renommée et convoitée. Une grande fierté gonflait son coeur. Et ce qu'il avait appris sur sa vie infortunée faisait naître en lui une tendresse nouvelle. Il l'aimait alors comme un frère aime sa petite soeur, comme un enfant aime un moineau blessé, et il ne désirait rien d'autre que de pouvoir la réconforter et la protéger.

— Comment vas-tu, grand frère ?

Hanh Hoa lui posait toujours la même question quand ils se voyaient. Elle l'observait ensuite attentivement, comme si elle voulait y déceler quelque signe de changement.

— Bien. Je vais très bien.

Et cette phrase anodine voulait dire : je vis toujours, je travaille toujours, je t'aime toujours et je n'arrive pas à étancher ma soif de toi.

La réponse apaisait instantanément les inquiétudes de la jeune femme. Elle rit :

— C'est la même chose pour moi. Je vais très bien moi aussi.

Alors il comprenait que de tous les visages qui traversaient sa vie, c'était le sien qu'elle voyait et dont le souvenir demeurait gravé dans son coeur ; que parmi toutes les voix qu'elle entendait, c'était toujours sa voix chaude et sincère qu'elle reconnaissait.

Que de fois, lorsqu'il venait la voir, Vu Sinh avait levé les yeux vers la fenêtre de sa chambre, une fenêtre parmi des dizaines d'autres qui trouaient la façade de l'immeuble collectif où elle logeait. La sienne avait un volet à moitié détaché de ses gonds tandis que l'autre présentait un vide laissé par des planches qui manquaient. Quand il y avait du vent, ils battaient d'un bruit sourd et régulier. Derrière cette fenêtre, l'espace exigu de six mètres carrés où elle vivait était pour lui un univers nouveau et déjà familier. Il imaginait alors la corde à linge où pendaient ses vêtements et ceux de sa fille, le coin qui servait de cuisine où pour lui elle faisait cuire le riz gluant aux arachides, l'endroit où ils s'asseyaient en bavardant le dimanche ou durant les rares moments qu'elle avait de libres. Elle inclinait légèrement la tête en parlant, ses cheveux glissaient sur ses épaules et le regard qu'elle posait sur lui avait la douceur d'une caresse. Il avait alors le sentiment d'effleurer du velours.

Il l'aimait d'un amour d'adolescent, comme si c'était la première fois ; mais aussi avec la passion d'un homme qui a vécu et auquel l'expérience avait appris qu'il ne fallait plus gâcher ses jeunes années.

Ils s'étaient très vite accordés car l'un comme l'autre avaient été meurtris par la vie. Leur amour n'était pas très bavard. Mais ils savaient deviner dans le silence encore lourd du poids des douleurs passées qu'ils espéraient en la même chose.

Juste au moment où Vu Sinh rendit officiellement compte de son amour pour Hanh Hoa devant le parti, il reçut de son père ce message sibyllin : «Reviens. Urgent.»

Le secrétaire de section du parti, aussi bien que le directeur de l'Ecole de formation militaire, approuvèrent sans réserves l'union entre un maître d'enseignement des arts militaires et une éminente artiste de la troupe théâtrale des armées. Ils accordèrent donc à Vu Sinh quelques jours de permission pour raisons familiales.

— C'est sans doute quelque chose qui concerne les études de tes enfants ou la santé de ta mère. Pars tranquille, camarade. Pendant ce temps, nous nous efforcerons de faire avancer tes affaires privées, dit le camarade directeur en posant sur l'épaule de Vu Sinh une main rassurante.

Vu Sinh prit son vélo et rentra chez lui.

Il arriva à midi. La pendule du tailleur voisin sonna

exactement douze coups. Son fils aîné qui jouait devant la porte s'écria en l'apercevant :

— Papa est de retour, papa est là... Grand-père, papa est de retour...

Sur la corde à linge tendue dans la cour, Vu Sinh s'étonna de voir s'agiter au vent des vêtements appartenant à Luu. Il fut encore plus étonné quand il vit que, dans ce qui avait été la chambre conjugale et qu'on avait aménagée pour sa mère, se trouvait le coffre à linge en laque rouge de son ancienne femme.

Il posa son vélo contre le mur et pénétra dans la maison. Le vent agitait les aréquiers, arrachait les feuilles des lilas du Japon dans le jardin voisin. Vu Sinh s'assit sur le divan de teck qui lui venait de son grand-père et regarda au-dehors. Dans le ciel, d'épais nuages glissaient avec lenteur, comme des barques poussées par le vent. Une bande d'hirondelles tardives se hâtait vers le sud. C'étaient sans doute les dernières qui fuyaient l'hiver imminent. Vu Sinh suivit des yeux le vol des oiseaux qui s'éloignaient en se demandant si ce n'était pas un mauvais présage. Lui-même n'était-il pas un oiseau qui venait de trouver un nid ? Devrait-il déjà le quitter pour une destination inconnue ? Serait-il amené à errer d'une contrée à l'autre, au gré des saisons, sans jamais trouver un abri définitif ?

Mais il n'eut pas le temps de continuer ses interrogations et ses doutes que déjà son père venait vers lui, une bouilloire à la main. Sa barbe blanche tremblait légèrement. Vu Sinh prit la bouilloire des mains de son père. Ils se regardèrent. Ils étaient face à face, le père et le fils, l'un jeune, l'autre vieux, l'un heureux, l'autre malheureux. Deux hommes. Vu Sinh devina la situation sans qu'aucun d'eux n'eût besoin d'ouvrir la bouche. Il y avait dans le regard de son père de la compassion et de la souffrance. Une compassion impuissante, une souffrance résignée...

Grâce à l'intervention dirigée d'une main de fer par la vice-présidente du tribunal, le recours en appel envoyé par Luu fut accepté immédiatement.

Ils furent tous les deux convoqués pour une confrontation. Il semble que Vu Sinh n'avait pas dit grand-chose, qu'il s'était contenté de répondre à toutes les questions par oui ou par non.

— Reconnaissez-vous avoir eu des relations avec Hanh Hoa avant votre divorce ?

— Non.

— Si je comprends bien, vous considérez que votre liaison avec Hanh Hoa est parfaitement légale.

— Oui.

— Par conséquent, il n'y a selon vous aucun lien de cause à effet entre votre divorce avec Luu et votre relation avec Hanh Hoa ?

— Non.

— Pourquoi alors avez-vous attendu neuf ans pour aborder la question du divorce ?

— ...

— Si votre couple ne s'entendait pas comme vous le dites, je crois que cela n'aurait pas duré si longtemps, ni que vous auriez eu deux enfants ensemble. Vous vous êtes mariés pendant la guerre de Résistance et vos noces avaient été organisées par les Jeunesses communistes, c'est-à-dire selon votre libre arbitre et en toute connaissance de cause. Aucun parent ne vous a contraint, aucune éthique féodale rétrograde n'a dicté votre conduite. Est-ce exact ?

— ...

— Par conséquent, nous pensons que votre divorce coïncide avec le moment de votre liaison avec Hanh Hoa. Autrement dit, vous avez commis un adultère. Vous avez trompé votre femme en la personne de sœur Luu ici présente. Vous êtes donc coupable d'avoir brisé le bonheur d'une femme et d'avoir privé deux enfants du foyer auquel ils ont droit. Qu'en dites-vous ?

— ...

— Nous vous demandons d'y réfléchir afin de ne pas vous rendre responsable de la désintégration d'une famille à cause d'un moment d'égarement. Quant à la loi, sachez que le tribunal prendra toutes les mesures qui s'imposent pour protéger les droits de la femme.

Vu Sinh regardait l'assemblée en silence. Il écoutait la voix tranchante de son accusatrice sans comprendre un mot de ce qu'elle disait. Il considérait les membres du tribunal : le président, la vice-présidente, la femme avocat général en train de pérorer... Elle avait un visage chevalin, un nez proéminent et un grain de beauté à la narine droite. Elle ne manquait pas d'une certaine éloquence bien qu'elle eût l'air particulièrement sèche. La vice-présidente fixait le vide d'un air sévère tandis que le président suivait du doigt les lignes d'un cahier posé devant lui. Cette femme assise là-bas, c'était Luu, sa femme. Celle avec qui il avait eu deux enfants. Il n'arrivait pas à y croire. Elle avait le visage plat, des pommettes saillantes, une peau granulée de petits boutons. Ses dents étaient régulières et blanches. Elle tenait les mains serrées entre les cuisses et regardait par terre. Ses cheveux étaient retenus par une barrette dans le dos et les mèches de ses tempes lui balayaient les joues avant de tomber sur ses épaules un peu penchées en avant. Ainsi, elle avait été un jour sa femme ! Comme elle lui semblait lointaine ! Il avait l'impression de l'avoir croisée par hasard dans un train, il y avait des années de cela... Quelle était la sentence déjà ? Ah oui : le divorce est annulé, il doit donc reprendre la vie avec Luu, puisque la loi les avait déclarés mari et femme. Dorénavant son devoir était de prendre soin de sa femme et de ses enfants, de renoncer à sa conduite irréfléchie et exaltée enfin de redevenir...

Il n'écoutait plus.

Quelqu'un lui demanda :

— Protestez-vous contre ces mesures ?

— Non.

Il répondit du même ton distrait que celui qu'il utilisait pour répondre aux propositions de la marchande ambulante qui passait tous les matins devant la caserne. Il vit l'assemblée se lever. S'avisant brusquement qu'il devait s'en aller lui aussi, il prit son chapeau et sortit. Luu était sortie avant lui. Elle l'attendait près de son vélo, devant le tribunal. Mais Vu Sinh se dirigea vers le sien sans la remarquer et pédala droit devant lui. D'ailleurs, il ne regardait personne. Luu le suivit. Elle pédala derrière lui tout au long des vingt kilomètres qui séparaient le tribunal de leur domicile. A un moment, elle fut tentée de le rattraper mais n'osa pas. Elle se rendait parfaitement compte qu'il n'avait pas fait attention à elle ni même remarqué qu'elle l'avait attendu pour qu'ils rentrent ensemble chez eux, dans cette maison où ils avaient vécu tant d'années en famille. Luu se disait qu'elle lui ferait comprendre qu'il était lié à elle par la loi, qu'il ne pourrait jamais la quitter car elle avait été sa femme et qu'elle le resterait... qu'elle défendrait à tout prix son bonheur, ainsi que celui de ses enfants.

Mais bien que sa volonté fût ferme, elle n'arrivait pas lui crier : «Grand frère, attends-moi s'il te plaît...» Et tout en le suivant, elle cherchait désespérément un moyen d'attirer son attention et de l'obliger à lui adresser la parole. Mais Vu Sinh la distançait de plus en plus. Il réfléchissait en pédalant, l'air sombre, et on pouvait parier qu'il était à cent lieues de penser à elle.

Luu arriva une dizaine de minutes après lui. Elle abaissa la béquille de son vélo, pénétra dans la pièce où Vu Sinh prenait une tasse de thé avec son père. Elle dit à son mari d'un ton qu'elle essayait de rendre naturel :

— Qu'est-ce que tu pédales vite, j'ai eu un mal fou à te rattraper.

Vu Sinh leva les yeux :

— M'avez-vous parlé ? Je n'ai pas bien compris ce que vous avez dit.

Sa voix était de glace.

Luu sentit monter à ses joues le feu de la honte et de l'humiliation. Mais elle n'avait qu'à s'en prendre à elle-même. N'était-ce pas elle qui avait fait appel, elle qui s'était accrochée à l'espoir d'un bonheur possible avec cet homme, dans cette maison ? Comme une femme que le désespoir avait précipitée dans le vide, elle ne pouvait que s'abandonner à la chute. Elle dit entre les dents :

— Oui, c'est à toi, à mon mari que je parle. Est-ce clair ?

Elle était sans vergogne. Vu Sinh ne répondit pas. Il lui tourna le dos et s'allongea sur le divan. Ne pouvant supporter une telle scène, le père de Vu Sinh quitta la pièce.

Sur le lilas du Japon effeuillé, des grappes de fruits restaient suspendues. Les oiseaux ne les aimaient pas, c'est pourquoi les grappes restaient accrochées aux branches dénudées tout l'hiver, virant du jaune clair au jaune foncé, puis au marron. Les villageois les cueillaient et les faisaient brûler en même temps que la paille de riz et quelques herbes. Ils en recueillaient une cendre qu'ils trempaient dans l'eau et qu'ils filtraient jusqu'à en obtenir une solution parfaitement claire et parfumée. Ils la conservaient précieusement jusqu'au jour du Têt. On y mettait alors à cuire le riz pour en faire un gâteau nommé «gâteau de cendre». C'était une friandise du nouvel an, très appréciée car légère, succulente et facile à digérer. Et si de surcroît on disposait ces petits gâteaux translucides, d'un vert strié de jaune ou ambrés, sur des assiettes de porcelaine blanche et qu'on les arrosait de miel ou qu'on les saupoudrait de sucre, alors leur saveur en était tout simplement divine.

Tous les ans la mère du chef de division Vu Sinh en confectionnait et il appréciait par-dessus tout ces friandises populaires. Cette année, comme les précédentes, elle avait utilisé cinq kilos de riz pour leur confection. Mais cette fois, elle s'y était prise à l'avance afin que son fils, qui lui avait fait savoir qu'il ne rentrait pas pour les fêtes de fin d'année, puisse les recevoir à temps.

Les parents de Vu Sinh avaient bien compris que cette absence était due au retour de Luu, car leur fils avait réintégré sa caserne le jour de l'annulation du divorce et n'était pas retourné chez lui depuis. Les deux enfants, qui pouvaient enfin vivre avec leur mère, se retrouvaient du même coup sans père. Habitués aux revers du destin et enclins à l'indulgence, les vieux parents supportaient cette situation sans commentaires. Ce n'est qu'en l'absence de Luu qu'ils s'en ouvraient l'un à l'autre. Ils ne comprenaient pas ce qui l'avait poussée à délaisser l'homme qui l'aimait pour casser le jugement de divorce. Ils voyaient en Môc un garçon simple, doux et naïf, tout à fait le genre de mari qui convenait à Luu. Alors que Vu Sinh, leur fils unique, était d'une autre trempe. Bien qu'officier et habitué aux maniement des armes, il avait conservé un certain penchant pour la sentimentalité que lui avait légué son père — un maître d'école amoureux de poésie — ainsi qu'une exquise sensibilité héritée de sa mère — une jeune paysanne renommée pour sa beauté, pour sa belle voix et pour son talent de tisseuse — et qui avait fait tourner bien des têtes, en son temps, avant de devenir une épouse accomplie. Dès le jour des fiançailles organisées par les Jeunesses communistes, le vieux couple s'était rendu compte que le profond décalage entre Vu Sinh et Luu ne pouvait que les rendre malheureux l'un et l'autre. Et quand ils avait appris que ceux-ci allaient divorcer, ils avaient éprouvé une vague mélancolie, le genre de sentiment qui vous étreint devant toute séparation, mais au fond d'eux-mêmes ils s'en étaient réjouis en pensant que leur fils aurait ainsi une nouvelle chance d'être heureux. Hélas, la situation s'était renversées. Maintenant, ils ne savaient comment aider leur fils, en dehors du fait de prendre soin de ses deux enfants. Et bien que révoltés par l'initiative qu'avait prise Luu de retourner chez son mari, ils s'étaient efforcés de se comporter avec elle de manière civile et correcte. Mais leur gentillesse ne pouvait empêcher Luu de se sentir outragée. Elle était de plus en plus isolée dans la famille de son mari, et la colère ainsi que l'amertume qu'elle accumulait contre Vu Sinh gâchaient jusqu'à sa joie de profiter de ses enfants. Ce dernier ne donnait jamais plus de ses nouvelles, ne revenait plus les voir tous les quinze jours comme avant leur divorce. De mari indifférent, il était devenu ennemi. Autrefois, bien que distant, il lui arrivait de lui dire :

— Viens voir, Luu, regarde nos enfants se baigner là-bas.

Ou encore :

— Qu'est-ce que tu fabriques dans la cuisine, Luu ? Viens ici me donner un coup de main...

A présent, il ne posait jamais plus son regard sur elle et si d'aventure elle s'adressait à lui, il répondait d'une voix dénuée de toute expression :

— Vous m'avez demandé quelque chose ? Non, je ne sais pas. Le mieux est de ne plus vous adresser à moi...

Il n'était pas rentré au nouvel an, il ne rentra pas davantage à la fête célébrée le troisième jour du troisième mois. Encore une fois, sa mère confectionna des gâteaux qu'elle lui faisait porter à la caserne. Et s'il ne rentrait pas, ce n'était certes pas à cause des douze kilomètres qu'il avait à parcourir, c'était pour éviter Luu à tout prix. Elle prit conscience qu'elle était devenue un obstacle entre ses beaux-parents et leur fils unique. Elle en fut à la fois attristée et satisfaite. Elle avait l'impression de prendre sa revanche. «C'est bien fait pour eux, pensait-elle méchamment. Pourquoi n'ont-ils pas fait entendre raison à leur fils ? Il est mon mari par la loi, c'est écrit là, noir sur blanc. Il ne m'a pas ramassée dans le ruisseau, que je sache !»

Les parents de Vu Sinh étaient loin de se douter des mauvaises pensées que ruminait leur bru. Et d'ailleurs l'auraient-ils su qu'il n'en auraient pas tenu compte. Ils savaient, tout comme elle, qu'elle était la plus mortifiée et par conséquent la plus malheureuse dans cette histoire. Aussi faisaient-ils tout ce qu'ils pouvaient pour lui rendre la vie plus légère, ignorant intentionnellement ses écarts de langage, ses allusions insolentes ou la colère injuste qu'elle déversait sur la tête des enfants.

Une brise légère soufflait sur la campagne, agitant au passage les feuilles des jeunes pousses de riz. A peine avait-on le temps de s'en apercevoir que déjà le quatrième mois s'annonçait. Le huitième jour du mois, jour anniversaire de Bouddha, les grands-parents emmenèrent leurs petits-enfants à la pagode. Luu était de congé ce jour-là. Lasse de ressasser ses griefs, elle prit son vélo et décida d'aller voir son mari. Elle arriva à la caserne environ une heure plus tard. Le soldat de garde ce jour-là n'était autre que Do. Etant au courant de toute l'affaire, il lui demanda d'attendre pendant qu'il envoyait quelqu'un prévenir «le chef».

— Le chef vous prie d'entrer, lui annonça un élève officier d'une voix solennelle.

Il la conduisit au salon. Vu Sinh l'y attendait, assis

derrière une table recouverte d'une nappe en nylon. Sur la table, un bouquet de fleurs rouges trempait dans un vase de cristal, un plateau contenant une théière et des tasses attendait les visiteurs. Un décor impersonnel. Mais pas plus impersonnel que l'expression de son visage. Après que l'élève officier qui l'avait introduite eut disparu, Vu Sinh demanda :

— Quelle est l'affaire qui vous amène ?

La gorge serrée, Luu avait envie de sangloter. Mais pour rien au monde elle ne voulait perdre la face. Alors, elle lui parla du même ton tranchant que celui de l'avocat général qui l'avait condamné au tribunal :

— Comment se fait-il que tu ne rentres pas à la maison un jour de congé ?

— J'ai du travail.

Luu dit :

— Quel travail ? Nous sommes dimanche aujourd'hui. Ne rentrais-tu pas tous les quinze jours autrefois ?

— C'était autrefois. Aujourd'hui les choses ont changé.

Luu répliqua sèchement :

— Autrefois tu étais mon mari. Tu l'es encore aujourd'hui. Rien n'a changé.

Il répondit avec lenteur :

— Je crois que vous faites erreur.

— Et en quoi ?

Sans regarder sa femme, Vu Sinh répondit en suivant des yeux le vol d'une mouche dans la lumière du soleil :

— En tout. Votre conduite tout entière est aberrante.

Il lui parlait avec froideur, comme s'il condescendait à lui expliquer une chose simple. La colère étouffait littéralement la femme mais elle ne savait comment faire pour l'exprimer. Elle haussa brusquement le ton :

— J'ai fait un long chemin pour venir te voir et tout ce que tu m'offres, c'est un verre d'eau ? N'y a-t-il pas un endroit où je puisse me reposer ?

— Non, il n'y en a pas. Vous êtes dans une école d'entraînement militaire et non dans une maison de repos.

La porte du salon où elle se trouvait donnait sur un couloir d'où l'oeil pouvait voir, tout au fond, une rangée de chambres aux toits de chaume dissimulées derrière une tonnelle de fleurs grimpantes. C'était le «quartier du bonheur», là où les élèves officiers recevaient leurs épouses quand elles venaient leur rendre visite. Les chambres étaient séparées les unes des autres par une mince cloison sur laquelle on avait collé des affiches représentant des enfants ou des danseuses. La semaine précédente, Do y avait reçu sa femme. «Cette chambre exiguë doit être le paradis pour ces amants unis», s'était dit Vu Sinh alors. Luu connaissait l'existence de ce «quartier du bonheur» mais elle n'allait tout de même pas lui dire : «Tu dois m'y emmener, tu dois...» La gorge serrée d'humiliation et de rage, elle éclata en sanglots. Le capitaine Vu Sinh se leva et quitta la pièce.

Un quart d'heure plus tard, il revint dans le salon et lui dit doucement :

— Comprenez-moi, je ne suis pas responsable de ce qui est arrivé.

Les yeux rougis, la haine au coeur, Luu essuya ses larmes et se leva en pinçant les lèvres. Elle reprit son vélo et s'en fut sans dire au revoir.

Le lendemain elle reçut une lettre de Hông Tham :
«Ma très chère Luu,

Sache que je vais bien et que c'est en toute tran-
quillité que je poursuis mes cours politiques car je
reçois régulièrement des nouvelles de ma famille. Il y a
deux mois, la camarade vice-présidente du tribunal m'a
mise au courant des résultats positifs de ton pourvoi en
cassation. Je suis heureuse que nous ayons gagné. Nous
fêterons cette victoire à mon retour. Ma fille, tu as su
défendre ton bonheur, c'est là un exemple à montrer à
toutes les femmes. Je te souhaite une bonne santé et le
meilleur accomplissement pour ton travail politique.

Reçois mon amitié, je te serre la main.»

Luu jeta la lettre dans le tiroir de son bureau, parmi
des bobines de fil, des bouts de papier déchirés qu'elle
gardait comme brouillons, quelques boutons égarés
qu'elle avait laissés là, par commodité.

Elle ne cessait de tourner et de retourner le même
problème dans son esprit. Ainsi passaient les jours et les
semaines. A la fin, elle parvint à cette conclusion qu'elle
ne pouvait se laisser piétiner par Vu Sinh de la sorte. Il
lui fallait l'affronter, l'obliger à s'expliquer. Maintenant
qu'elle avait déclaré la guerre, il n'était plus question
de baisser pavillon....

Vers le début du mois de juin du calendrier solaire,
Luu annonça à ses beaux-parents qu'elle devait
s'absenter pendant quelques jours afin d'organiser la
fête du Têt des enfants dans les villages. Elle avait cal-
culé qu'ils profiteraient aussitôt de son absence pour
prévenir leur fils. Elle supposait que, dès qu'elle aurait
le dos tourné, la mère de Vu Sinh s'empresserait de tuer
le poulet, faire cuire le riz gluant et confectionner «des

gâteaux de cendre». D'ailleurs, elle ne se trompait pas car la vieille dame avait déjà mis le riz à tremper. Son coeur débordait de ressentiment et de tristesse.

Elle se leva dès l'aurore, prépara quelques affaires qu'elle mit dans un sac, prit son vélo et se rendit au siège de l'Union des femmes. Elle y séjourna deux jours et deux nuits et rentra le troisième jour, peu avant midi. Tous ses soupçons s'étaient révélés exacts. A son arrivée, la famille était réunie autour d'un grand plateau de cuivre contenant tous les plats qu'aimait Vu Sinh depuis sa plus tendre enfance, quand il courait encore après les cerfs-volants dans la campagne : poulet cuit à l'eau accompagné de feuilles de citron hachées, soupe de vermicelles transparents, pâté de porc, riz gluant et gâteaux de cendre saupoudrés de sucre...

Son retour inopiné jeta tout le monde dans l'embarras. On reposa les baguettes et les bols qu'on avait à la main. Les enfants, au lieu de se réjouir du retour de leur mère, la regardaient d'un air ahuri. La belle-mère se leva :

— Viens t'asseoir, la mère des enfants. Je vais ajouter un bol et des baguettes.

La bru répondit d'un ton acerbe :

— Surtout ne vous dérangez pas pour moi, grand-mère.

Sa réponse était comme une torche jetée sur l'atmosphère déjà explosive qui régnait dans la pièce. La belle-mère s'arrêta net sur le seuil de la porte, ne sachant plus quoi dire. Le beau-père fixait le plateau en silence. Les deux enfants, la bouche encore pleine de poulet, ouvraient des yeux ronds.

Vu Sinh se leva, prit son chapeau et se dirigea vers

106

son vélo. Luu lui barra la route :

— Où vas-tu ? Reste à la maison. J'ai à te parler.

L'homme répondit :

— Je n'ai pas le temps, excusez-moi.

Et il souleva le vélo afin de mieux la contourner.

Luu jeta à terre le chapeau conique qu'elle tenait à la main et cria :

— Tu n'as pas le droit de te comporter ainsi. Tu es mon mari, le tribunal l'a décidé.

En réponse à son cri de colère et de désespoir, Vu Sinh dit d'une voix glaciale :

— Ce mari-là, allez le réclamer au tribunal.

Et il s'en fut.

La mère de Vu Sinh courut derrière son fils mais ce dernier ne se retourna pas. Elle contempla tristement le plateau de nourriture à laquelle il n'avait pas encore eu le temps de goûter. Deux jours de travail, de préparation, d'attente perdus...

Luu se laissa tomber sur le seuil de la porte. Bien qu'ils ne lui eussent adressé aucun reproche, elle savait qu'à cet instant précis ses beaux-parents la haïssaient. Mais elle était décidée à rester là, comme un obstacle, comme un poignard planté dans leur coeur, jusqu'à ce que Vu Sinh se résolve à abandonner l'autre femme et à lui revenir.

Plus elle perdait la face devant la famille de son mari et plus Luu se crispait sur sa rancune. Elle ne pensait plus qu'à une seule chose : comment parvenir à ses fins. Son imagination passait en revue tous les moyens susceptibles de la venger et d'arracher Vu Sinh à sa rivale. Elle se rendrait avec un groupe d'amies au théâtre où travaillait cette femme et elle la battrait à mort ; elle se plaindrait aux autorités de l'école où enseignait son mari afin de le faire exclure du parti, elle l'attaquerait devant le tribunal militaire, etc. Mais les solutions qu'elle envisageait ne sortaient pas du cadre des sentiers battus, elle se contentait d'appliquer ce qu'elle avait ouï-dire. Autant Luu était autrefois une femme sans malice et dévouée, autant elle se voulait désormais intrépide et impitoyable. La vie l'avait changée. Mais malgré cette métamorphose, Luu n'était pas encore capable d'agir seule, elle attendait le retour de Hông Tham, son ultime recours.

Hông Tham rentra vers la fin du mois de juin. Aussitôt arrivée, elle demanda à son mari de convoquer Luu chez elle. Luu était la plus malheureuse mais c'était Hông Tham la plus furieuse. Pendant que la première racontait son histoire, la seconde ne cessait de tourner en rond dans la pièce en répétant : «Ça ne va pas se passer comme ça. Ça ne va pas se passer comme ça...»

Tôt le lendemain, Hông Tham se fit conduire à l'école de formation où travaillait Vu Sinh dans une voiture officielle empruntée aux forces armées du district. Bien qu'elle fût au fait de la situation et qu'au fond elle ne manquât pas d'une certaine sympathie à son égard, elle le condamna dans un réquisitoire impitoyable. Le directeur de l'école dut prévenir ses supérieurs hiérarchiques qui annulèrent sur le champ la proposition d'avancement de Vu Sinh. Tout au long de son discours, Hông Tham ne cessait de faire allusion à la conduite que doit observer un membre du parti, au respect qu'un officier de l'armée, plus que tout autre, doit témoigner à la femme, au bonheur qu'un époux et un père doivent apporter à sa famille car la famille, c'est la base de la nouvelle société et qu'on devait, par conséquent, la sauvegarder à tout prix. Elle s'exprimait d'un ton ferme, convaincant, utilisant des arguments qui englobaient dans une même condamnation l'individu en faute et l'organisation qui l'employait. Elle finit par persuader le secrétaire de section qu'il fallait traduire Vu Sinh devant la cellule du parti afin qu'il fasse son autocritique. Sa mission accomplie, elle s'en retourna au district et se prépara à une nouvelle attaque.

Trois jours plus tard, elle conduisit Luu, dans la même voiture officielle, au siège des artistes de l'armée où Hanh Hoa et ses camarades répétaient une nouvelle pièce de théâtre. Transportée par l'amour, encouragée par de nouveaux succès professionnels, cette dernière vivait en pleine euphorie. En effet, elle venait d'être sélectionnée pour participer au festival mondial de la jeunesse à Moscou et devait s'envoler vers l'Union soviétique dans les mois qui suivaient. Un nouvel horizon s'ouvrait devant la jeune femme.

L'accusation portée par les deux cadres de l'Union des femmes contre elle la consterna. Elle n'avait détruit le bonheur de personne. Dès le début, ils avaient pris soin, Vu Sinh et elle, d'informer officiellement l'organe du parti de leurs relations selon les règles. A ce moment-là, leur situation n'avait posé aucun problème : ils étaient l'un et l'autre libres de tout lien.

Lorsqu'elle fut convoquée dans le bureau du directeur, Hanh Hoa avait tout naturellement pensé qu'il s'agissait de son prochain voyage. Mais quand elle vit deux femmes dont l'une arborait un masque sévère tandis que l'autre la dévisageait tantôt en pâlissant et tantôt en rougissant, elle comprit la gravité de la situation.

Elle s'écria :

— Je jure que je ne suis au courant de rien, d'absolument rien...

Sa sincérité était si évidente que les deux femmes ne trouvèrent rien à dire.

— Nous regrettons de n'avoir pas été informés de l'important changement survenu dans la situation familiale du camarade Vu Sinh, dit le directeur. Je suis sûr que Hanh Hoa elle-même n'en savait rien. N'est-ce pas, Hanh Hoa ?

— C'est la vérité, répondit Hanh Hoa dans un souffle.

Finalement, la femme au masque sévère dit :

— Nous avons prévenu tous les camarades du parti. Je compte également sur votre collaboration. Nous devons unir nos efforts pour défendre le bonheur des familles, qui sont la base la plus solide de la société.

Elle se leva sur ces mots, serra la main du directeur et sortit. La femme au visage rougissant sortit à sa suite. La voiture les emporta à grand bruit de pétarades en soulevant un tourbillon de poussière. Encore sous le choc de ce qui venait de se passer, l'actrice se tenait immobile au milieu de la pièce. C'était une femme naïve et sans malice, et qui n'avait aucun moyen de faire face à ce coup du sort. Voyant les larmes déborder de ses paupières, le directeur dit :

— Assieds-toi là. Une fois de plus, tu n'as pas de chance, petite sœur. Quand les circonstances t'étaient favorables, c'était l'homme qui ne valait rien. Maintenant que tu as trouvé l'homme qu'il te faut, c'est le sort qui t'est contraire... Je ne suis pas superstitieux mais je finis par croire que chacun doit suivre son destin.

Un soir, Vu Sinh était en train de traduire des documents venant de l'étranger, quand on lui annonça une visite.

— Sais-tu qui c'est ?

Vu Sinh posa la question au soldat de garde tandis que son coeur battait la chamade. Il avait l'intuition qu'il s'agissait de Hanh Hoa. Mais cette visite inattendue, la première qu'il recevait d'elle, ne semblait présager rien de bon.

Le soldat bafouilla :

— C'est... une femme, mon capitaine. Je crois que je l'ai déjà vue.

Le capitaine se leva, prit son pardessus accroché à une patère en disant :

— Bon, je passe au salon. Fais-la entrer.

Mais au lieu de se rendre au salon, il se dirigea vers le portail. Derrière le soldat de garde marchait une frêle jeune femme.

— Hanh Hoa !

La femme s'arrêta. Le peu de lumière qui filtrait des fenêtres ne lui permettait pas de voir clair.

— C'est toi ? demanda-t-elle d'une voix incrédule. Elle ne pouvait en croire ses yeux.

Le soldat se mit au garde à vous :

— Avec votre permission, mon capitaine, je retourne à mon poste.

Sur un signe de tête de Vu Sinh le soldat disparut dans l'obscurité.

— C'est bien moi, Hoa, dit-il.

Ils se tenaient face à face, dans la pénombre. Un peu plus loin, par la fenêtre ouverte, leur parvinrent les voix des soldats qui jouaient aux échecs :

— Avance ton cavalier...

— Empêche son fou d'avancer et prends-lui sa tour.

Il entendait, de manière amplifiée, les battements réguliers du coeur de la jeune femme tandis que de son côté, elle écoutait le bruit de déglutition de sa gorge desséchée, comme s'il avait du mal à faire descendre une écharde qui lui était restée au travers de la gorge.

— Sais-tu combien je suis malheureuse ? demanda Hanh Hoa.

— Je sais, je sais. J'ai été puni, moi aussi. Toute la semaine, je n'ai fait que rédiger des rapports et...

Il ne finit pas sa phrase. Elle comprit qu'il ne voulait pas lui raconter ses propres ennuis. Cependant son coeur aimant avait tout de suite remarqué les joues creuses, les cernes noirs témoins de nuits sans sommeil, le rictus de douleur qui déformait sa bouche, son visage mal rasé... La souffrance de son amant lui fit mieux supporter la sienne.

Le capitaine Vu Sinh dit doucement :

— Je sais que j'ai des torts envers toi... Mais personne ne pouvait prévoir un retournement aussi inimaginable, encore moins l'éviter. Sache que, quoi qu'il advienne, je serai à toi aussi longtemps que je vivrai.

Ses mots résonnaient en elle comme des pierres lancées sur la peau d'un tambour et son coeur vibrait à chacun d'eux. Il parlait lentement, d'une voix mesurée comme s'il ne faisait pas un serment d'amour mais énonçait simplement un fait. Elle savait qu'il disait la vérité. Elle oublia sur-le-champ tous les reproches qu'elle comptaient lui faire et qu'elle avait ressassés tout au long du trajet. Elle glissa sa main sous son pardessus, une main glacée que la chaleur de l'homme réchauffait peu à peu. Et sous cette main, elle pouvait sentir les pulsations redoublées de son coeur, tel un poisson se débattant dans les mailles d'un filet.

— Entrons maintenant.

Il la conduisit au salon. La pièce était froide. Sur la table, il n'y avait rien d'autre qu'un thermos d'eau bouillante. Il fit du thé, prit une serviette qu'il réchauffa contre la théière brûlante et il lui en enveloppa les pieds. Elle se laissa aller contre le dossier de la chaise et ferma les paupières, autant par douleur et par fatigue que par un trop-plein d'amour.

Ils ne dormirent pas cette nuit-là car Hanh Hoa devait réintégrer son organisation dès le lendemain. Ils demeurèrent toute la nuit dans le salon dont les lampes étaient restées allumées et les portes largement ouvertes afin de prévenir tout soupçon. La mèche finissante s'enflamma comme une torche, éclairant la pièce d'une lumière insolite. Et la présence de ces amants qui se faisaient face, de part et d'autre de la grande table, semblait elle aussi insolite. L'expression de leur visage était si tendue qu'ils ressemblaient davantage à des condamnés attendant l'heure d'exécution qu'à un couple d'amoureux.

A quatre heures du matin, le capitaine Vu Sinh enfila sa capote militaire, prit son vélo et raccompagna Hanh Hoa à la gare routière. Une averse tomba et ils durent se réfugier sous l'auvent d'une échoppe. A travers le toit de chaume, la pluie goutte à goutte tombait à bruit sourd sur leurs cheveux. Le capitaine Vu Sinh déboutonna son manteau, prit contre lui la frêle jeune femme puis referma les boutons afin qu'elle puisse se réchauffer. La pluie glissait en longues rigoles sur leurs joues, dans leur cou... Hanh Hoa se blottit contre son amant, cherchant ses lèvres. Lorsqu'il se fut arraché à son baiser, le capitaine Vu Sinh contempla la pluie tandis qu'une profonde tristesse pénétrait son âme. Il savait qu'il ne pouvait rien faire pour celle qu'il aimait — ni pour lui-même d'ailleurs — à part le fait de la réchauffer comme en ce moment. Combien de temps devrait-il vivre sous l'épée de Damoclès d'un lien conjugal forcé ? Il n'aurait su le dire.

— Grand frère...

Tout comme lui, Hanh Hoa pensait à leur avenir incertain.

— Qu'allons-nous devenir ?

— Oui, qu'allons-nous devenir ? répéta-t-il machinalement.

La femme dégagea sa main, la posa sur son épaule :

— Il faut nous quitter.

L'homme s'écria :

— Non, cela jamais. Jamais de la vie...

Et il couvrit ses yeux, ses lèvres de baisers passionnés.

— C'est ce que je souhaite de tout mon être moi aussi, souffla la jeune femme.

Il est des hommes nés pour aimer une seule femme, celle-là et aucune autre. Et quand ils ont trouvé celle qu'ils attendaient depuis toujours, rien, pas même la foudre tombant sur leur tête, ne pourrait les en dissuader. Tel était l'amour du capitaine Vu Sinh et de Hanh Hoa. Ils ne vivaient que pour les moments, si rares mais que la séparation avait rendus intenses, où ils pouvaient se voir. Le reste du temps, ils se jetaient à corps perdu dans leur travail professionnel. Un tel amour, qui se serait sans doute atténué avec le temps dans des

114

circonstances normales, puisait dans les difficultés et les obstacles rencontrés une force qui le rendait aussi inébranlable que le roc. Après une première expérience malheureuse, tous deux s'étaient engagés corps et âme dans cette passion, y mettant toute la fougue et toute la sincérité dont ils étaient capables.

Depuis le jour où il avait raccompagné Hanh Hoa à la gare routière, Vu Sinh n'osait plus envoyer son courrier à l'organisation où elle travaillait. Il lui écrivait chez sa tante. Quant à Hanh Hoa, n'ayant aucun endroit où lui faire parvenir ses lettres, elle consignait tout ce qu'elle pensait dans un journal qu'elle lui donnait à lire quand ils se voyaient.

Ils devaient continuellement changer les lieux de leurs rendez-vous. Malgré cela, mille autres obstacles venaient souvent contrarier leurs plans. Ou c'était son train qui avait plusieurs heures de retard, ou c'était la moto de Vu Sinh qui tombait en panne. Ils apprirent à s'armer de patience. Ils savaient que le temps dont ils disposaient était plus précieux que l'or et qu'ils ne pouvaient le gaspiller en reproches, bouderies ou disputes comme se le permettent les amoureux ordinaires. Les désirs les plus naturels des amants leur étaient interdits : s'offrir un cadeau, aller voir un film ensemble, recoudre un bouton perdu ou ressemeler un talon de sabot usé. Tandis qu'il réchauffait les pieds gelés de Hanh Hoa entre les paumes de ses mains, Vu Sinh la regardait avec des yeux chargés d'espérance en songeant : «Si seulement nous pouvions avoir un coin de ciel, une parcelle de terre bien à nous, un endroit où personne ne pourrait pénétrer en dehors du vent qui passe...»

Et quand, sur sa demande, il eut dit à Hanh Hoa à quoi il pensait, elle répondit en riant :

— C'est un rêve qui ne se réalisera jamais. Non, jamais. Il va falloir que nous continuions cette vie lamentable. A moins...

— A moins ?

— A moins que ta femme trouve un autre homme et demande à nouveau le divorce.

— Mais ça lui est déjà arrivé une fois. Elle a trouvé un type du nom de Môc avec lequel elle a failli se marier. Puis elle s'est ravisée, Dieu sait pourquoi.

— Parce qu'elle tient encore à toi. Ou alors c'est qu'elle tient à ta fortune, aux enfants...

— Devrions-nous croiser les bras et ne rien faire ?

— Pour le moment, oui. Quand Luu aura retrouvé un sursaut de fierté ou quand elle aura découvert le bonheur véritable, alors nous serons délivrés nous aussi.

Vu Sinh soupira. Il pensait que Hanh Hoa avait raison et il espérait que ce jour ne tarderait pas trop. Mais le temps roulait devant eux à la vitesse tumultueuse d'un torrent. Les jours et les mois passèrent. Ils continuaient à vivre dans l'espoir, un espoir fragile comme un nuage léger que le moindre souffle de vent disperse. Ils continuaient à se rencontrer furtivement, volant au temps quelques moments de bonheur.

Quant à Luu, bien que sa victoire fût totale — elle avait réussi à casser l'avancement de Vu Sinh et l'obliger à faire son autocritique devant la cellule du parti ; elle avait obtenu qu'on interdît à Hanh Hoa de revoir son amant —, elle ne parvenait pas à reconquérir son mari. En désespoir de cause et toute honte bue, elle se rendit à l'Ecole de formation militaire où elle exigea d'être logée dans le «quartier du bonheur». Elle traitait son mari tantôt avec douceur, tantôt avec rudesse, signifiant par cette conduite capricieuse qu'il était bien sa propriété. Mais le capitaine Vu Sinh demeura de glace. Depuis plus d'une semaine qu'elle vivait dans cette «chambre d'amour», on n'avait pas vu son mari y mettre les pieds. Aux repas, on lui servait sa ration personnelle car le capitaine Vu Sinh préférait se priver de nourriture plutôt que de manger avec sa femme. Au troisième jour, le secrétaire de section dut accepter qu'on le servît à part : il ne pouvait prendre le risque de laisser l'un de ses plus éminents professeurs s'engager dans une espèce de grève de la faim.

— Je comprends ce que vous éprouvez, dit-il à Luu. Mais je n'ai pas le droit de forcer le capitaine Vu Sinh. Nous avons un programme à respecter et nous prendrons du retard si, cessant de s'alimenter, il ne parvenait plus à assurer ses cours. Je fais appel à votre compréhension.

Il la salua un peu froidement, puis se retira dans son bureau. Restée seule dans le salon vide, Luu se rendit brusquement compte que les conseils de Hông Tham ainsi que ceux de ses amies de bureau ne lui avaient été d'aucun secours. Elle était devenue un monstre aux yeux des jeunes officiers qui ne se privaient pas de la dévisager avec curiosité tout en riant sous cape. «Elle attend que son mari la dédommage !», chuchotaient-ils à son passage.

Au bout de deux semaines, n'en pouvant plus, Luu plia bagages et retourna chez ses beaux-parents. Ils la regardèrent à la dérobée et dans leurs yeux il y avait autant de curiosité que de pitié et de mépris. Luu jeta à terre son chapeau conique comme à son habitude, gagna sa chambre où elle laissa enfin libre cours à ses sanglots. Elle s'endormit d'épuisement et ne se réveilla qu'en fin d'après-midi, les yeux gonflés comme s'ils avaient été piqués par un frelon. Son fils de dix ans qui rentrait de l'école s'écria :

— Maman, veux-tu m'acheter un lampion en forme de lapin pour la prochaine fête de la mi-automne ?

Luu cria d'une voix exaspérée :

— Tu n'as qu'à le demander à ton père !

Elle détesta tout à coup cet enfant qui ressemblait trop à son mari. Il en avait la démarche et le sourire. Il n'était jusqu'au tendre duvet de ses joues qui ne laissât prévoir la même barbe noire.

Ne comprenant rien au courroux injustifié de sa mère, l'enfant la regarda d'un air interdit.

— Ne t'en fais pas, lui dit le grand-père, je t'en ai déjà commandé un.

Ils entrèrent ensemble dans la maison. Quelques instants plus tard, Luu perçut le doux bruissement de leur babillage. Tout en pilant des herbes dans un mortier, elle frémit à l'idée que la mi-automne était proche. L'année dernière, à la même époque, Môc et elle faisaient encore des projets de mariage, assis côte à côte sous la véranda de sa petite maison. Ils en avaient fixé la date au quinzième jour du premier mois, aussitôt après les fêtes du Têt. Tout était prêt pour ce jour heureux : le rideau aux couleurs éclatantes devant le grand lit, la paire d'oreillers dont les enveloppes sentaient le tissu neuf, le service à thé jamais utilisé et la pipe à eau en bambou encore intacte. Mais ce fruit savoureux dont elle avait découvert le goût, ce bonheur véritable lui avait glissé entre les doigts. Elle demeurait stupide, comme un pêcheur qui venait de manquer une belle prise.

Dès le lendemain, elle retourna dans la maison que Vu Sinh lui avait fait construire. Une odeur de moisi flottait dans l'air et une fine couche de poussière recouvrait les meubles. Luu y passa un doigt, traçant de longs traits bruns sur la surface poudreuse. Elle décida de tout laver, tout nettoyer. Elle ôta la poussière du lit, secoua la natte. Le ménage terminé, elle contempla la pièce propre et bien rangée. Dans son esprit vacant, une lueur naquit, prit peu à peu la forme d'un espoir, encore vague mais impérieux. Le jour même, elle se rendit à l'endroit où travaillait Môc. Il était penché sur ses registres. Elle remarqua que le bleu de travail qu'il portait avait une énorme reprise au dos. A sa vue, Môc jeta autour de lui des regards égarés.

— A quoi travailles-tu ? Pourquoi n'es-tu pas passé me voir ? lui demanda-t-elle de la manière la plus naturelle possible.

Môc rougit. Son visage était devenu cramoisi, on eût dit une tomate trop mûre. Il ne répondit pas à sa question.

Luu prit conscience qu'elle avait commis un impair. Il n'avait certes pas oublié que c'était elle qui avait rompu. Lui demander pourquoi il n'était pas venu la voir, c'était comme remuer le fer dans la plaie. Elle prit une chaise et s'assit près de lui. Ils étaient seuls dans le bureau.

— Tu habites toujours en ville ? Si tu venais me voir ce soir ?

Môc gardait toujours le silence.

Luu insista :

— Ne m'en veux pas, grand frère. Viens, nous bavarderons amicalement. Après tout, nous sommes de vieux amis, n'est-ce pas ?

Dans un effort surhumain, Môc balbutia :

— Je serai là ce soir.

Cela dit, il se pencha à nouveau sur les longues colonnes de chiffres qui étaient devant lui.

Ce soir-là, Luu dîna de bonne heure. Elle fit du café, alla acheter quelques gâteaux et attendit la visite de Môc.

Il arriva assez tard, vers sept heures, après avoir laissé son vélo à l'entrée de la ruelle et non pas devant la maison comme il le faisait d'habitude.

Luu demanda, étonnée :

— Pourquoi as-tu laissé le vélo si loin ? Amène-le devant la maison.

— Non, j'ai déjà mis la chaîne de sécurité et d'ailleurs je ne resterai pas longtemps.

Il ne l'appelait plus petite sœur comme naguère. Le ton impersonnel qu'il utilisait avec elle voulait dire qu'il considérait leur rupture comme définitive. Luu le savait mais elle n'avait pas le courage de l'admettre. Elle sortit, prit sur son épaule le vélo qu'elle rangea contre le mur de la véranda.

— Je serai plus tranquille comme ça. Ce serait dommage que tu te le fasses voler.

Elle disait n'importe quoi, juste pour masquer sa gêne. Assis sur une chaise, Môc ne disait rien.

— Chéri, lui dit-elle, va t'asseoir sous la véranda, il y fait plus frais. J'apporte le thé et les gâteaux.

Mais Môc faisait comme s'il n'avait pas remarqué que

Luu avait changé de ton :

— Je ne voudrais pas te déranger. On peut très bien bavarder ici.

La femme contempla la masse sombre du jasmin grimpant dont toutes les fleurs s'étaient fanées. Elle comprit qu'elle ne pourrait plus reconquérir Môc.

— Je te sers une tasse de thé ? Les gâteaux sont tout frais.

La voix de Luu était empreinte de tristesse.

L'homme but son thé en silence. Brusquement il demanda :

— Pourquoi m'as-tu fait venir, Luu ?

Luu avait perdu sa gaieté factice.

— J'ai voulu que tu viennes pour... pour...

Môc l'écoutait en fronçant les sourcils.

Luu était debout en face de lui, la bouilloire dans une main. Soudain elle la posa et se serra contre lui :

— Est-ce que tu m'aimes toujours, grand frère Môc ? Est-ce que tu... ?

Affolé, Môc cherchait à desserrer l'étreinte de Luu.

— Ecoute Luu, ne fais pas ça. Tu ne dois pas... Nous ne devons pas.

Luu n'écoutait plus rien. Toute à son exaltation, elle s'accrochait à lui en gémissant :

— Grand frère Môc, il n'y a que toi qui m'aimes. Il n'y a que toi qui aies de la tendresse pour moi.

Môc ne comprenait rien à son comportement et d'ailleurs il avait perdu confiance en elle. Avec beaucoup de mal, il réussit à desserrer l'étau de ses bras.

— Ne fais pas ça. Je t'en prie ne fais pas ça...

Môc était un homme simple et pusillanime. Il avait aimé une femme peu bavarde mais travailleuse, qualité qui était, à ses yeux, indispensable à l'édification d'une vie de couple. L'ardeur passionnée qui brûlait chez la jeune femme lui était insoutenable. Il avait l'effrayante impression d'avoir en face de lui quelqu'un qui avait perdu la raison, quelqu'un en pleine crise de folie.

— Ecoute, lâche-moi, bredouilla Môc.

Il réussit finalement à la repousser. Il se sauva. Il atteignit la véranda à bout de souffle, détacha la chaîne de sécurité du vélo et s'enfuit.

Durant un long moment, Luu n'eut plus conscience de rien. Lorsqu'elle reprit ses esprits, tous les détails de la scène lui revinrent à l'esprit avec une acuité douloureuse. Elle s'allongea et pleura longuement, de honte.

Elle passa la nuit dans un demi-sommeil et dans la plus grande confusion. Elle se leva de bonne heure, se rendit au bureau où elle accepta d'être envoyée en mission à la place d'une camarade qui relevait de couches.

L'automne passa, vint l'hiver. Le vent du nord sifflait dans la campagne. Les gens commençaient à aérer les duvets, à sortir les housses de coton soigneusement rangées depuis l'été précédent. Les jours se suivaient à un rythme monotone. Au siège de l'Union des femmes, quelques jeunes filles se marièrent. Elles rivalisaient de gentillesse avec «la vieille» Luu car c'était la seule qui voulait bien partir en mission à leur place quand un mari revenait en permission ou qu'un enfant était malade. Luu chercha l'oubli dans le travail. Mais malgré les nombreuses missions qui l'accaparaient, elle ne put s'empêcher de ressentir parfois le vent froid de la solitude. Il lui arrivait, pendant les heures de sieste, de se tourner et de se retourner dans son lit solitaire. Alors elle se surprit à désirer la présence d'un homme, non plus Môc mais n'importe quel autre cadre politique, pourvu qu'il l'aimât.

Môc s'était marié. Il avait épousé la comptable du restaurant gouvernemental du district. D'ailleurs, il avait déjà demandé sa main le jour où Luu l'avait entraîné chez elle. Môc était un homme droit qui aimait les situations claires et nettes. Dire que le bonheur de cette comptable aurait été le sien ! Elle l'avait tenu comme une carpe frétillante dans l'eau claire et elle l'avait laissé s'échapper.

Quelques fils d'argent firent leur apparition sur sa chevelure noire. Des fils qui s'étaient multipliés avec le temps. Les hivers se succédaient, la douleur de Luu s'atténuait également. Elle prit du poids et travaillait plus durement qu'auparavant. Maintenant, c'était elle qu'on désignait pour prononcer les discours dans les réunions. Moins éloquente que Hông Tham, elle savait cependant répéter les arguments de cette dernière, qu'elle exprimait à sa manière, c'est-à-dire avec plus de conviction et de simplicité. Parfois elle ne comprenait pas elle-même ce qu'elle disait, mais cela ne l'empêchait pas de répéter mécaniquement ce qu'elle avait appris.

Les plus jeunes commentaient à voix basse :

— Tu ne trouves pas que la vieille Luu radote ? Elle dit toujours les mêmes choses...

Constatant qu'en effet son amie devenait gâteuse, Hông Tham l'envoya dans des maisons de repos renommées comme celle de Dô Son ou de Sapa. Elle céda à Luu ses propres vacances ainsi que celles de son mari. Mais tous ces soins se révélèrent impuissants à faire de Luu une femme sans doute ordinaire mais heureuse.

Pendant ce temps, Vu Sinh et Hanh Hoa continuaient de s'aimer. Pour eux aussi le temps avait laissé ses marques. Au fur et à mesure des années, leurs visages s'étaient ridés, leurs paupières fanées.

Lors de leurs rencontres, Hanh Hoa avait maintenant l'habitude de lui enlever quelques cheveux blancs tandis qu'il caressait du doigt les veines apparentes de ses mains. Plus les jours passaient, plus ses veines devenaient visibles, plus sa peau perdait de son élasticité et de sa fraîcheur.

«Pour moi, cela n'a pas beaucoup d'importance, mais pour Hanh Hoa... Au nom de quoi dois-je l'obliger à partager un sort aussi misérable ? Elle a tout pour être heureuse. Elle mérite d'avoir un foyer, un homme qui partage son lit et qui prend soin d'elle et dont les caresses feraient d'elle une femme épanouie. Avec moi, elle se prive de tout cela. Je n'ai à lui offrir que l'attente et l'insécurité. Elle se desséchera comme une fleur privée d'eau et quand nous nous réveillerons de ce cauchemar, il sera trop tard...»

Mille fois le capitaine Vu Sinh avait ressassé ces pensées. Mille fois il s'était promis de rompre avec Hanh Hoa, de lui laisser une autre chance d'être heureuse. «Sinon tu ne mérites pas le nom d'homme», disait sévèrement la voix de sa conscience. Mais il suffisait qu'il la revît, qu'il prît sa main dans les siennes, qu'il plongeât son regard dans l'eau profonde de ses yeux pour que le courage lui fasse défaut. Car ils s'étaient attachés aussi solidement que la liane à l'arbre de la forêt. Ils étaient devenus indispensables l'un à l'autre.

Ainsi passait le cours du temps qui, imperceptiblement, glissait vers le passé. Puis un jour...

C'était un soir d'automne. Depuis quatre heures, Vu Sinh attendait sa bien-aimée à la gare routière. Lorsque Hanh Hoa arriva, ils s'empressèrent de quitter la foule car n'importe qui pouvait les reconnaître. Ils se réfugièrent dans la boutique d'une marchande d'eau près du chemin. Ils étaient les seuls clients, aussi pouvaient-ils bavarder à leur aise tout en se forçant à avaler les gâteaux insipides que la patronne leur avait servis. La lune ne s'était pas encore montrée mais le ciel était chargé d'étoiles. Les lucioles éclaboussaient la nuit de leurs lueurs fluorescentes.

— As-tu soif ? demanda Vu Sinh.

— Je meurs de soif. Mais je me méfie de l'eau qu'elle sert.

— Tu as raison. Sa théière est crasseuse et le thé m'a l'air bien trouble, répondit Vu Sinh en riant.

Il sortit de son cartable une gourde de métal qu'il lui tendit. Elle but à la gourde, la tête renversée. Vu Sinh contemplait son cou que le clair de lune faisait luire comme une colonne d'ivoire. Il dit d'une voix émue :

— Comme tu es belle !

— Tu dis toujours ça, fit Hanh Hoa en souriant. Nous sommes vieux maintenant. Tu as trente-cinq ans et moi j'en ai trente-deux. Comment pourrais-je être encore belle ?

Mais le capitaine Vu Sinh n'en démordait pas :

— Je ne suis pas d'accord. Dans vingt ans tu seras encore la plus belle femme pour moi.

Hanh Hoa étreignit sa main sans rien dire. Ils marchaient comme en rêve au coeur de la nuit. La jeune lune projetait leurs ombres pâles sur le chemin. Le vent qui venait de la montagne leur apportait la senteur résineuse des sapins et le parfum violent des fleurs sauvages. Le vent soufflait sur la plaine, ployant les tiges de riz, ébouriffant l'herbe en bordure de la route. Des grappes de fleurs violettes se courbaient jusqu'au sol.

Ils oublièrent tout, les soucis, les souffrances, les attentes. Ne comptait pour eux que le bonheur d'être ensemble.

Soudain ils entendirent un bruit de course. Ils se retournèrent. Cinq ou six hommes se rapprochaient :

— Haut les mains ou je tire, dit une voix.

Hanh Hoa était si effrayée qu'elle ne tenait plus sur ses jambes. Calmement, Vu Sinh posa son cartable de cuir à terre. Il l'ouvrit, en sortit un pistolet de modèle K59. Il avait tout de suite compris que la milice populaire du village les avait pris pour des malfaiteurs et cherchait à les arrêter.

A la vue du pistolet, Hanh Hoa sut ce que voulait faire son amant. Elle lui saisit le bras :

— Ne prends pas de risques, je t'en supplie.

Les miliciens formèrent un cercle autour d'eux. Quelqu'un braqua sur le couple la lumière brutale d'une torche électrique. Avant que Vu Sinh pût ouvrir la bouche, un jeune homme de dix-huit ans environ hurla :

— Que faites-vous ici tous les deux ? Vous avez

l'intention de saboter la coopérative, ou vous êtes en délit de corruption des moeurs ? Montrez vos papiers !

Hanh Hoa répondit en tremblant :

— Nous faisons juste une promenade, nous n'avons pas de papiers sur nous.

Le milicien hurla de plus belle :

— Pas de papiers sur vous, hein ? Suivez-moi au comité du peuple et ne faites pas d'histoires.

Mais l'attitude arrogante du jeune milicien était moins blessante que la réflexion qu'il fit par la suite : «Hum... Pas de papiers ! C'est de toute évidence une putain. On tirera ça au clair au comité du peuple...» Ses paroles atteignirent le capitaine Vu Sinh comme autant de flèches empoisonnées. Il pointa sur l'homme son K59. Juste à ce moment, quelqu'un cria au loin :

— Que se passe-t-il ? Attendez-moi.

L'homme les rejoignit en soufflant. C'était le chef de la milice communale. Dès qu'il le vit, il reconnut en l'homme au pistolet, dont le coup était sur le point de partir, le capitaine Vu Sinh. Il avait été autrefois son élève à l'Ecole des officiers.

Le chef de la milice hurla en direction de ses hommes :

— Allez, dispersez-vous. Rentrez tous chez vous.

Puis, s'adressant à Vu Sinh :

— Nous nous excusons, camarade. La nuit dernière on nous a volé deux boeufs, c'est pourquoi ils sont un peu nerveux. Ils ont dû vous prendre pour des voleurs.

La mine déconfite, les miliciens s'en retournèrent chez eux.

Ils se retrouvèrent seuls. Vu Sinh prit la main de

Hanh Hoa :

— Je te demande pardon, petite sœur. Pardonne-moi... C'est bien à cause de moi que tu dois supporter cette situation.

La femme lui prit la tête qu'elle serra contre elle. Des larmes silencieuses perlèrent à ses paupières, tombant goutte à goutte sur la joue de l'homme.

La semaine qui suivit cet incident, le capitaine Vu Sinh envoya à Hanh Hoa une lettre dans laquelle il lui conseillait de se marier. Il ne pouvait se résoudre à faire son malheur. Elle avait encore la vie devant elle et il ne voulait pas que le temps qui lui restait fût aussi sombre que celui qui l'avait précédé. Parallèlement, il demanda son affectation dans une autre unité, très loin, dans l'une des îles au large de la côte. Mais comme à ce moment-là l'Armée du Nord franchissait la chaîne montagneuse de Truong Son pour pousser sa marche vers le sud, on intégra Vu Sinh aux troupes combattantes du front sud, là où la puissance de feu était la plus forte. La veille, il avait obtenu le grade de lieutenant-colonel, une promotion qu'il aurait dû recevoir sept ans plus tôt. Le jour du départ, c'est-à-dire le 6 mars 1965, le lieutenant-colonel Vu Sinh passa par Hanôi avant de rejoindre la zone des combats. Trois jours plus tard, le directeur de l'Ecole de formation militaire reçut une lettre destinée au commandant Vu Sinh sans mention d'expéditeur. Mais il avait deviné que l'auteur de cette lettre n'était autre que Hanh Hoa. Il soupira avant de la ranger soigneusement dans son dossier :

— Comme ça, si toutefois il revenait vivant...

Au plafond, un jecko émit un claquement sec.

Le directeur de l'école, qui était également secrétaire

du parti, poussa sans raison un second soupir. Il ouvrit le journal mais ne parvenant pas à s'y intéresser, il le referma, le rangea dans son tiroir et sortit dans la cour.

Dix ans plus tard...

Après la libération de Saïgon et la réunification du pays, le lieutenant-colonel Vu Sinh quitta sa brigade stationnée à Dac Lac et retourna chez lui. Au passage, il s'arrêta à Hanôi pour revoir ses enfants. L'aîné, qui avait obtenu son diplôme d'ingénieur en Union soviétique, travaillait au ministère de l'Industrie métallurgique. La cadette, âgée alors de vingt-deux ans, poursuivait à l'université des cours d'hydraulique. Mais elle allait bientôt se marier. Elle présenta son fiancé à son père avec autant de bonheur que de timidité.

Le lieutenant-colonel Vu Sinh s'adressa au jeune couple :

— Je ne vous demanderai pas grand-chose sinon de répondre à une question de routine : vous aimez-vous vraiment ?

Rougissante, la jeune fille secoua ses nattes :

— Oh, tu te moques de nous, papa !

Un sourire flottait sur les lèvres du lieutenant-colonel Vu Sinh. Il dit :

— Loin de moi l'idée de me moquer de vous. Je suis très sérieux. Si c'était une plaisanterie comme tu le crois, alors il faudrait attendre d'avoir des cheveux blancs pour bien la goûter, ma fille.

Vu Sinh alla ensuite voir ses parents. Il croisa sa femme devant le portail. Elle avait beaucoup grossi et, à quarante-deux ans, avait déjà l'aspect d'une matrone.

Ses cheveux aussi avaient blanchi. Ils se saluèrent comme s'ils étaient de lointaines connaissances :

— Vous rentrez du travail, dit Vu Sinh.

— Oui. Et vous, vous êtes de retour..., répondit Luu.

— Non. Entrez et faites comme d'habitude. Je ne fais que passer.

Mais, compréhensive, Luu alla s'installer dans la petite maison où elle demeura une semaine, accordant ainsi à son mari la possibilité de passer un peu de temps avec ses parents. Vu Sinh retourna ensuite à Hanôi où il resta quelques jours auprès de son fils. Mais lors de leurs conversations, ils évitaient tous deux d'aborder la question délicate de ses rapports avec Luu. Son fils était à présent un jeune homme au fait des complexités de la vie et savait par conséquent quels sujets il fallait éviter d'évoquer devant le père.

Une fois tous ces devoirs accomplis, Vu Sinh éprouva un grand vide, comme s'il lui manquait quelque chose qu'il avait de la peine à nommer. Au bout d'une semaine, il dut s'avouer qu'il avait absolument besoin de revoir Hanh Hoa même si, selon toutes probabilités, elle devait être mariée et sans doute mère de plusieurs enfants, même s'il devait s'attendre à être reçu comme on reçoit d'ordinaire une connaissance rencontrée au hasard d'un voyage.

Il se rendit donc chez Hanh Hoa. Le bâtiment à deux étages avait été rénové et on avait recouvert l'ancienne peinture verte d'une couche de bleu. Les volets abîmés, réparés eux aussi, étaient repeints en vert foncé. Ils étaient largement ouverts. On avait même changé la rampe d'escalier. La première personne qu'il croisa fut soeur Cuc.

— Ciel ! Mais c'est le capitaine Vu Sinh ! Hanh Hoa vous a tellement attendu... Elle a même cru que vous étiez mort.

Sans attendre la réponse de l'homme, elle monta quatre à quatre les marches de l'escalier en criant :

— Es-tu là, Hoa ? Es-tu là, la mère de Hanh Hang ? Il y a un visiteur pour toi.

Vu Sinh monta derrière elle. Parvenue à la galerie, elle se retourna, l'entraîna par la main en chuchotant, le souffle court :

— Elle a changé de chambre. Celle-ci est plus grande, elle fait quatre mètres carrés de plus.

La chambre de Hanh Hoa se trouvait à l'autre extrémité de la galerie. Il pensait qu'elle devait être plus grande en effet car elle paraissait plus large. La porte s'ouvrit brusquement. Une jeune fille fit son apparition.

Vu Sinh frissonna. Il avait l'impression de la voir telle qu'elle lui était apparue la première fois, sur scène, dans sa tunique orange.

— Maman, nous avons un visiteur.

Mais non, ce n'était pas elle ; c'était la petite Hang Hoa, sa fille. Comme l'enfant avait grandi ! Vu Sinh se dirigea à pas lents vers la porte de la dernière chambre.

Quelques secondes plus tard, la mère parut. Devant lui se tenait Hanh Hoa, la seule femme qu'il eût jamais aimée. Vu Sinh ne parvenait pas à y croire. Pourtant, c'était bien elle, il n'y avait pas à s'y tromper. Il retrouvait la même chevelure d'ébène tombant sur les épaules, le même arrondi du visage bien qu'il le trouvât un peu amaigri, les mêmes yeux noirs immenses et la courbe de sa lèvre supérieure qu'il avait maintes fois évoquée durant les dix années passées au front.

Elle ne manifestait aucune surprise en le voyant, elle n'avait pas prononcé son nom, elle ne semblait pas embarrassée non plus. Elle le regardait fixement avec la même expression qu'autrefois. Un doute traversa l'esprit du lieutenant-colonel Vu Sinh. Il en eut une sueur froide : était-il possible qu'elle ne fût pas mariée ? Etait-il possible...?

— Toi...

Sa voix avait des accents d'oiseau blessé. Des larmes débordaient de ses paupières, roulaient le long de ses joues. L'homme demeurait cloué sur place. Un tremblement irrépressible le saisit, il se sentait pris de faiblesse, comme lors de ses crises de malaria, quand il se trouvait encore dans le maquis. Il dut faire un effort surhumain pour tenir debout.

— Alors tu n'es pas... tu n'es pas...

Il n'arrivait pas à achever sa phrase.

La jeune Hang Hoa vint à son secours en s'adressant à lui sur un ton de reproche :

— C'est donc vous, oncle Vu Sinh ! Vous ne pouviez pas le dire plus tôt ?

Le prenant par la main, elle l'introduisit dans la pièce en le sermonnant comme on le fait avec un enfant.

— Entrez, au lieu de rester debout dans la galerie comme ça.

Elle lui désigna une chaise puis, s'approchant de sa mère, elle l'aida à s'installer auprès de lui.

— Allez, assieds-toi là, maman. Et essuie tes larmes. Ciel, ce que vous m'avez fait peur tous les deux.

Elle servit le thé qu'elle leur offrit ; après quoi elle dit à Cuc :

— Dis donc, maman Cuc, si on allait faire de la compote

de riz gluant ? Il y a eu une distribution de sucre à mon école hier et j'en ai reçu trois kilos...

Cuc essuya les larmes d'émotion qu'elle n'avait pu retenir et suivit la jeune fille.

Ils ne restait plus qu'eux dans la pièce. Ils pleuraient en silence. L'homme but les larmes salées qui ruisselaient sur le visage de Hanh Hoa. Il dit avec douceur :

— Petite soeur, pourquoi ne t'es-tu pas...

La femme secoua la tête. Elle ne sut que dire. Leur amour était tissé de tant de douleurs, il avait acquis tant de force... Comment pourrait-elle en aimer un autre ?

Maintenant qu'il savait qu'elle était libre, le lieutenant-colonel Vu Sinh regrettait de n'avoir pas pensé, durant la brève période de la libération du sud, à lui envoyer de ses nouvelles ou encore des cadeaux. Dire qu'il était parmi les premiers soldats à investir la ville de Saïgon et à découvrir ses magasins croulant de marchandises !

Mais il allait désormais racheter sa mauvaise conduite. Pour commencer, il demanda à être affecté dans le Nord, près du lieu où elle habitait. On le nomma dans une école d'entraînement de sous-officiers non loin de Hanôi. Il avait également trouvé en Hang Hoa une véritable complice car elle les comprenait, malgré son jeune âge, et était prête à soutenir sans réserves l'amour entre sa mère et «oncle Vu Sinh». Bien souvent, il lui arrivait de les taquiner en s'exclamant : «Oh là là ! ce que vous êtes vieux jeu tous les deux, vous rougissez pour un rien».

Ainsi coulait-il des jours très doux auprès de Hanh Hoa, bien qu'ils fussent tous deux conscients que leur liaison était illégitime et qu'elle devait, pour survivre, compter sur la compréhension et l'indulgence de tous : les voisins, les enfants, le directeur de l'école ou tout simplement le soldat de garde. Ils vivaient dans un continuel sentiment de culpabilité et ne pouvaient envisager d'avoir des enfants ensemble alors qu'ils auraient pu l'un et l'autre. En général, ils évitaient d'aborder ce sujet pour ne pas réveiller des douleurs enfouies, mais la frustration les taraudait. Et plus la femme prenait de l'âge, plus le nombre de ses cheveux blancs augmentait, plus le regret les rongeait.

Ils vécurent dans cette clandestinité durant six longues années. Mais un jour le fils de Vu Sinh, découvrant la vérité, pressa sa mère de réitérer sa demande de divorce afin de rendre à son père sa liberté. Luu accepta sans faire d'histoires. Elle avait cinquante ans. Dans son coeur l'amour était mort en même temps que la haine et le désir de vengeance. Elle était devenue une femme âgée, débordante de chair et un peu gâteuse. Hanh Hoa avait atteint la cinquantaine elle aussi. Quant au lieutenant-colonel Vu Sinh, il avait cinquante-trois ans. Ils se marièrent au début de l'année 1983. Ils avaient enfin obtenu le droit de vivre au grand jour, sans se cacher. Après deux semaines de vie commune, Vu Sinh découvrit que sa femme souffrait depuis longtemps de brusques et violents maux de tête. Elle lui avoua que cela avait commencé en 1972, quand on lui avait dit qu'il était mort sur le front de Quang Tri. Vu Sinh la conduisit à l'hôpital militaire 108. Le médecin-chef était son ami de longue date, il le connaissait depuis la première résistance contre les colons français.

— Inutile de la mettre au courant, lui dit le médecin. Profite autant que tu peux du temps qui vous reste à vivre ensemble.

En sortant, le lieutenant-colonel Vu Sinh dit à sa femme d'un ton badin :

— Ils disent que ce qu'il te faut, c'est la médecine orientale. Et du repos, bien entendu.

Il devint brusquement très dépensier, lui achetant quatre ou cinq chemisiers d'un coup ou l'emmenant fréquemment au restaurant. Il cherchait à satisfaire ses moindres désirs. Hanh Hoa s'écria :

— Mais tu es fou ?... Tu tiens à dilapider tout notre argent ?

Et quand ils évoquaient le projet qu'ils avaient caressé naguère, celui d'acquérir une petite maison avec jardin pour passer leur vie de retraités, Vu Sinh se contentait maintenant de sourire :

— Le temps de la retraite est encore loin. Pourquoi t'en soucier déjà ?

Bien des nuits il s'était réveillé et avait contemplé son visage endormi. Le dessin très précis de ses sourcils, la courbe de sa lèvre supérieure..., des détails dont il avait maintes fois rêvé durant ses longues nuits d'insomnie, lorsqu'il écoutait le vent siffler à travers les sapins derrière l'école de formation militaire ou le hurlement des bombes sur le champ de batailles. Comme elle lui semblait loin à cette époque ! Maintenant elle était là, entre ses bras. Finis les obstacles, les souffrances, les baisers furtifs sous la pluie, les attentes dans la poussière des gares routières. Plus personne pour les empêcher d'être ensemble.

Hanh Hoa mourut quatre mois plus tard. Les médecins conclurent à une tumeur du cerveau. A son enterrement, il y avait beaucoup de monde et beaucoup de voitures aussi. Le chemin qui menait au cimetière était de terre battue et cahoteux comme dans toutes les banlieues. Derrière le cercueil la foule marchait en silence. Les gens avançaient côte à côte, chacun poursuivant le cours de ses propres pensées.

Après les obsèques de sa femme, le lieutenant-colonel Vu Sinh demanda son affectation à Dac Lac. Là il pourrait prendre la tête d'une brigade dont le rôle était aussi bien de lutter contre le brigandage que de s'occuper d'agriculture ou d'élevage des abeilles. Il connaissait bien l'endroit pour y avoir séjourné pendant dix ans, au cours de la guerre américaine. Le jour de son départ, il acheta un bouquet de roses, de lys et d'orchidées blancs et se rendit au cimetière. Sur la tombe de Hanh Hoa, l'herbe avait poussé çà et là. Autour de lui, des tombes sans fleurs présentaient un aspect de désolation. Il déposa la gerbe sur la stèle et alluma les baguettes d'encens. Il resta longtemps debout, parlant à la disparue. Sous cette terre reposait celle qui fut son amante durant vingt-cinq ans et qui n'avait été sa femme que pendant exactement six mois et sept jours.

«Si seulement je pouvais t'emmener, chuchota-t-il, je te prendrais contre moi sous ce pardessus comme autrefois et nous irions ensemble jusqu'à Dac Lac. Là nous oublierions les douleurs passées, nous exploiterions la forêt, nous sèmerions le maïs et nous élèverions des abeilles. Je te cacherais dans mon pardessus bien boutonné et nous nous envolerions ensemble demain dans le même avion.»

Il repensa à cette nuit où elle était venue le voir à

l'école. Il avait plu sur le chemin qui les conduisait à son autocar. Sous l'abri où ils s'étaient réfugiés, il avait largement ouvert les pans de sa capote militaire et l'avait pressée contre lui. Son corps frêle et glacé s'était peu à peu réchauffé au contact du sien. Puis elle avait cherché ses lèvres. Vingt-cinq ans avaient passé mais il n'avait pas oublié le goût de ce baiser.

Si seulement il pouvait encore ouvrir son pardessus et la serrer contre lui comme on réchauffe un oiseau...

Derrière lui, la voix du garde disait que c'était l'heure de fermeture. Le lieutenant-colonel Vu Sinh hocha la tête. Il contempla le bouquet virginal posé sur la tombe : des fleurs qu'il avait apportées pour elle, sa bien-aimée ; des fleurs de l'amour...

Le garde du cimetière répéta qu'il était l'heure.

Il se leva et sortit.

La lumière du couchant éclairait la masse de ses cheveux blancs.

Hanôi 1990

*Je suis revenue à Hanôi, que j'avais quittée il y a très long-
temps, par un après-midi du mois de juillet 1990.*

*Aux abords du petit lac, des écoliers studieux viennent
apprendre leurs leçons ; des amoureux, le vélo posé à proximité, chuchotent en contemplant ses eaux tranquilles ; des let-
trés devenus conducteurs de cyclo-pousse, lisent en attendant le
client de plus en plus rare. On lit encore beaucoup dans les
rues de Hanôi, aussi bien la petite marchande de cigarettes que
le vieillard à lunettes et barbiche blanche, jusqu'au cireur qui
se met à vous parler de Victor Hugo tout en astiquant vos sou-
liers. On dévore tout ce qu'on trouve : historiettes faciles à lire,
ou encore romans évoquant des amours contrariées par des
pressions sociales, familiales ou politiques, sujet toujours
d'actualité au Viêt-nam, comme dans cette* Histoire d'amour
racontée avant l'aube. *On lit des oeuvres traduites des
langues étrangères, des auteurs soviétiques en grand nombre,
mais également des auteurs français ou américains... J'ai
même trouvé une traduction de* L'Amant, *de Marguerite
Duras.*

*Aujourd'hui, on vous présente avec fierté une ville demeurée
presque intacte malgré vingt ans de guerre, une ville où il
pourrait faire bon vivre si le régime desserrait son étau. On
vous montre des réalisations nouvelles tel ce pont jeté d'une
rive à l'autre du fleuve Rouge, impressionnant par sa lon-
gueur, commencé avec l'aide des «camarades» soviétiques. Les*

camarades soviétiques constituaient, jusqu'à une date récente, le groupe d'Occidentaux le plus important vivant au Viêtnam si bien qu'aux yeux de l'homme de la rue — des enfants surtout — tout étranger est un Soviétique. Les gosses vous interpellent en vous appelant «Liên Xô» (Soviétiques) et en vous adressant des moqueries dans un baragouin chuintant sans aucune signification et dont la musique évoque vaguement celle de la langue russe. Autour, des adultes éclatent de rire. Ces apostrophes de dérision ne sont pas toujours dénuées de mépris car ici on n'a guère d'affection pour les Soviétiques.

Hanôi, c'est avant tout la capitale historique du Viêt-nam. Ses habitants l'appelaient «la ville aux trente-six ruelles» : rue de la Soie, rue des Éventails, rue des Ferblantiers, rue des Poissons, rue des Bananes, rue du Sucre, rue du Coton...

C'est un ensemble de dédales sinueux, toujours animés, de maisons basses aux portes de bois. De ci, de là, saillit parfois un balcon orné d'arbres nains bien taillés dans des potiches qui rappellent que la culture du bonsaï fut d'abord une invention chinoise.

Dans le passé, ce marché constituait le ventre de Hanôi, il fournissait aux habitants de la ville tout ce dont ils avaient besoin. Avec la guerre, les restrictions, l'isolement du pays après l'indépendance, les étals et les boutiques se sont retrouvés vides.

Depuis la récente légalisation du commerce privé, les marchandises ont refait leur apparition. Elles proviennent de Chine ou de Thaïlande : vins français, whiskies, pâtés en boîte, blue jeans, appareils vidéos de marque japonaise... Ces boutiques gorgées de produits de consommation donnent au visiteur une impression d'abondance. Le va-et-vient de la foule est intense mais on découvre qu'il y a plus de badauds que d'acheteurs. Car l'argent manque cruellement. Les salaires sont dérisoires et le chômage atteint la majorité de la population. S'assurer son bol de riz quotidien est déjà un tour de force, comment peut-on acheter une bouteille de vin dont le prix vaut tout un mois de salaire pour la plupart des gens ? Aussi l'argent est-il présent dans toutes les conversations, dans tous les esprits. Un observateur naïf pourrait croire que le Vietnamien est cupide, mais ce n'est qu'une maladie due aux difficultés du temps. L'écrivain Nguyên Huy Thiêp, auteur de Un général à la retraite[1] décrit avec beaucoup de lucidité comment cette misère matérielle a fini par gangrener les coeurs et les esprits, rendant parfois l'homme sans sentiments, cruel et sauvage.

Ruiné par la guerre, mis en quarantaine par le blocus américain, le Viêt-nam s'était retranché dans son isolement. Depuis la mort de Hô Chi Minh, chef historique et figure charismatique de la révolution vietnamienne, l'équipe au pouvoir a perdu de son autorité et, pour certains, de sa légitimité. Dans un premier temps, elle a réagi en se crispant sur une idéologie qui n'est plus adaptée à la situation, qui s'est révélée impuissante à résoudre les graves problèmes économiques du pays et incapable de satisfaire les besoins de libertés les plus élémentaires de la population. Où est-il donc le temps où les citoyens des démocraties occidentales descendaient dans la rue pour manifester leur soutien au régime de Hanôi ? Le Viêt-nam s'est depuis discrédité.

Durant de longues années ce pays a vécu replié sur lui-même, dans l'indifférence générale. Devant la paralysie économique qui les oblige à faire appel aux aides financières extérieures et le poids silencieux du mécontentement intérieur,

---

1. Nouvelles traduites du vietnamien par Kim Lefèvre, Editions de l'Aube, 1990, et, du même auteur, *Le cœur du tigre*, Editions de l'Aube, 1993.

quelques responsables du pays ont pris conscience de la nécessité d'une certaine ouverture. Elle fut entreprise lors du congrès du parti communiste en 1987, désigné sous le vocable de «Doi Moi», c'est-à-dire du renouveau. La chape qui étouffait les libertés pesait moins, on commençait à dire tout haut ce qu'on pensait tout bas, on dénonçait les abus et les exactions commis par les cadres du parti considérés jusqu'alors comme des gens au-dessus de tout soupçon. Des journaux tel le Tuôi Tre (Jeunesse) informaient le public sur la corruption de l'appareil. Le Phu nu (Femmes) menait des enquêtes sur la délinquance juvénile ou sur la prostitution à laquelle se livrent enseignantes ou lycéennes afin de pouvoir faire face à leurs difficultés de fins de mois. Pour la première fois, un journal féminin abandonnait l'image de la combattante héroïque pour se consacrer à la vie ordinaire des femmes, faire état de leurs difficultés quotidiennes et de leur solitude cachée.

De jeunes écrivains faisaient leur apparition. Leurs oeuvres, d'un ton jamais entendu, constataient l'échec d'une révolution et le désarroi d'une société ayant perdu ses valeurs.

Ne mesurant sans doute pas l'ampleur des conséquences de son geste d'ouverture, le pouvoir avait commencé par encourager cet élan du renouveau. Mais la violence des critiques, le voile levé sur une société malade qu'on avait pris soin de dissimuler sous des oripeaux révolutionnaires, mettaient directement en cause le régime. Le pouvoir politique réagit par la répression. Certains journalistes furent démis de leurs fonctions pour avoir publié des articles dénonçant les abus des cadres du parti à la campagne. Des reporters, qui avaient tenté de filmer quelques rares manifestations, furent arrêtés et leurs appareils de photos confisqués.

Quant aux écrivains comme Nguyên Huy Thiêp ou Duong Thu Huong, leurs noms sont devenus tabous et leurs livres aujourd'hui introuvables. Dans toutes les librairies où je me suis rendue, la réponse que je recevais était invariablement la même : ils étaient épuisés. Ce n'est pas tout à fait exact. Certains, considérés comme subversifs, ont été retirés de la vente. Les autres, dont les tirages sont habituellement très limités, sont pris d'assaut dès les premiers jours de leur parution si bien qu'ils sont effectivement épuisés aussitôt leur mise en vente. Le lecteur retardataire n'a plus que le recours à la ruse. Il faut, pour ce faire, se rendre dans une librairie de prêts et verser une caution dont le montant peut atteindre jusqu'à dix fois le prix affiché sur la couverture. Personne n'est dupe, ni le prêteur qui sait pertinemment qu'on ne lui rapportera jamais le livre emprunté, ni l'emprunteur qui considère que c'est tout simplement un achat au marché noir.

Depuis la perestroïka de Gorbatchev, la fraction dure du parti a pris quelques distances avec un pays allié qu'on accuse tout bas d'avoir trahi l'idéal communiste. C'est ainsi qu'en juillet 1990, au lendemain de la réunion du comité central du parti soviétique, le PC vietnamien a convoqué tous les rédacteurs en chef des journaux de Hô Chi Minh ville afin de leur suggérer la manière de rendre compte de cet événement. Conseil leur a été donné de ne pas approuver les mesures d'ouverture prônées par M. Gorbatchev, sans cependant les critiquer franchement. Aujourd'hui, tournant le dos à l'URSS, le gouvernement vietnamien a opéré un mouvement de volte-face pour se rapprocher de la Chine répressive, son «ennemi héréditaire du Nord».

Un climat de peur et de suspicion régnait aussi bien à Saïgon qu'à Hanôï et ce, de manière tangible. Les professeurs ou écrivains que j'ai rencontrés se rendaient à mon hôtel avec des documents — parfaitement innocents aux yeux d'un Occidental — cachés sous leur chemise, convaincus qu'ils étaient sinon suivis, du moins surveillés. J'ai attendu plusieurs jours avant de trouver le moyen de prendre contact avec l'écrivain Duong Thu Huong que je ne connaissais pas mais dont je voulais traduire quelques nouvelles. J'ai eu l'heureuse surprise de me retrouver devant une femme jeune, dynamique et surtout extrêmement généreuse. Les difficultés auxquelles elle se heurte ne semblaient pas avoir altéré son courage, bien au contraire. On devine chez cet écrivain dont la noblesse de sentiments est frappante, une grande détermination et le désir sincère d'apporter une contribution aux changements indispensables du pays.

Bien que fille de révolutionnaires et membre du parti communiste, elle est, depuis quelques temps déjà, en butte aux critiques de sa cellule à cause d'un roman intitulé Thiên duong Mu (Les paradis aveugles) qui dénonce, à travers des personnages fictifs mais bien reconnaissables, les exactions et les abus commis par la réforme agraire des années cinquante. J'ai appris par la suite que sa situation s'était détériorée au point que son exclusion du parti avait été envisagée. Mais, au cours d'un vote survenu la même année, elle a réussi à conserver sa carte à une voix près. Cela n'a pas empêché un cadre du parti d'être arrêté pour avoir lu une interview qu'elle avait accordée à un journal de Hô Chi Minh ville sous le chef d'inculpation : «recel et propagande de documents cherchant à discréditer le Parti et l'Etat». Les pressions exercées par les plus hautes instances contre Duong Thu Huong se sont faites de plus en plus vives et ont abouti finalement à son exclusion du parti à la fin de l'année.

Aujourd'hui, Duong Thu Huong vit étroitement surveillée à Hanôi comme dans une prison sans barreaux.

Kim Lefèvre, 1991

Collection *l'Aube poche*

Achevé d'imprimer en avril 1995
sur les presses de l'imprimerie A. Robert,
116, bd de la Pomme, 13011 Marseille
pour le compte des éditions de l'Aube,
Le Château, F-84240 La Tour d'Aigues

Numéro d'édition : 13

Dépôt légal : avril 1995

Imprimé en France